JN233724

俊頼髄脳研究会 編

関西大学図書館蔵

俊秘抄

和泉書院

目次

凡　例

一、本書は、関西大学図書館蔵「俊秘抄」を底本として用いた『俊頼髄脳』の翻刻とその研究である。
一、翻刻本文は、漢字・仮名の別、送りがな、仮名遣いなども、全て底本の表記のままとした。
一、異体・通俗の漢字は、原則として底本に従うことにしたが、一部通行の字体にあらためたところがある。
一、見セ消チについては、本文中に指摘せず、全て修訂後の形とした。
一、底本において、和歌の引用は二字上げの形で記されているが、紙面の都合上、翻刻では二字下げにしている。
一、傍記等について、次のような原則で扱うこととした。

①　字体明記で記されたもので、本文字体と同じと判断できる場合、記載しなかった。
②　割書は〈　／　〉に括った。また特記すべき事項のことは本文中【　】に括り、解題にて説明をした。
③　補入の場合、その位置を本文中に「○」で示した。
④　底本では、別本にない場合、「イナシ」「以下ナシ」等を記載のうえでその範囲を指示しているが、今回の翻刻に際しては、「　」に括ることでそれを示した。
⑤　ほとんどが朱書による加筆であるため、本来は区別して明示すべき墨・朱の区別について、本文中であえて示さなかった。朱墨の別は、解題にて触れることにする。
⑥　傍記はできるだけ現状に即した位置に翻刻したが、翻刻本文46頁、48頁、49頁に示したカタカナ傍記については、煩瑣をさけるため＊印を付して位置を示し、本文中の適所に四字下げにして挿入している。
⑦　底本で数箇所見られる頭注については、解題にて指摘する。

一、巻末に「和歌二句索引」を付し、検索の便宜を図った。また最低限必要箇所について、内閣文庫本により「校訂一覧」を作成した。

《乾巻》

俊秘抄　上

やまとみことの哥はわかあき津しまの國のたはふれあそひなれは神の世よりはしまりて「けふ」いまにたゆることなしおほやまとのくにゝむ《うイ》まれなん人は男にても女にてもたかきもいやしきもこのみならふへけれともなさけある人はすゝみなさけなきものはすゝまさることかたとへは水にすむいをのひれをうしなひそらをかける鳥のつはさのおひさらんかことしおほよそ歌のおこり古今○《のイ》序和歌式にみえたり代もあかり人のこゝろもたくみなりし時春夏秋冬につけて花をもてあそひ時鳥をまち紅葉をおしみ雪をおもしろしと思ひ君をいはひわか身をうれへ別をおしみたひをあはれひいもせの中をこひことにのそみておもひをのふるにつけてもよみのこしたるふしもなくつゝけも《まイ》ふせ《けイ》ることはもみえすいかにしてかはすゑの世の人のめつらしきさまにもとりなすへきよくしれるなくよくしらさるもなし《くイ》よくよめるもなくよくよまさるもなしよまれぬをもよみか《ほ》をにおもひしらさるをもしりかほにいふなるへしそも〳〵うたにあまたのすかたをわかちやつのやまひをしるしこゝのつのしなをあらはしていとけなきものををしへをろかなる心をさとく《ら》しむるもの《ことのイ》ありしかはあれとならひつたへされはさとることかたくうかへまなは《ひイ》されはおほゆる事すくなしむもれ木のむもれて人にしられさるふしとをたつねたきのなかれになかれてすきぬることの葉をあつめてみれははまのまさ

こよりもおほくあめのあしよりもしけし霞をへたてゝ春の山邊にむかひきりにむせひてあきの野へにのそめるかこときなりやまかつのいやしきことはなれとたつねされはあしたの露ときえうせぬ玉のうてなのたへなるみことなれと聞しらされは風のまへのちりとなりぬるにやあはれなるかなやこのみちの目のまへにうせぬることをとしよりひとりこのことをいとなみていたつらにとし月をゝくれともわか君もすゝめたまはすよの人またあはれむことなしあけくれは身のうれへをなけきおきふしは人のつらさをうらむかくれてはおとこ山にましませるやつはたのおほんいつくしみをまちあらはれてはみかさのもりにさかへたまへるふちのうらはにたのみをかくめくみ給へあはれひ《みイ》たまへかくれたる信あれはあらはれたる感あるものをや

歌のすかたやまひをさるへきことあまたの髄脳に見えたれともきゝとをく心かすかにしてつたへきかさらん人はさとるへからされはまちかきもの《ことイ》かきりをこまかにしるしまうすへし

はしめには返《反イ》哥のすかた

やくもたついつもやへかきつまこめにやへかきつくるそのやへかきを

これはすさのをのみことゝ申す神の出雲国にくたりたまひてあま《てイ》なつちあしなつちのかみのいつきむすめをとりてもろともにすみたまはんとてみやつくりし給ふときによみたまへる哥也これなん句をとゝのへ文字の数をさため給へる哥のはしめなるやくも立といへるはしめの五文字はその所にやいろのくものたちわたりけるとそかきつたへたるこれ

はやくもたつなとはほかにはよむへからすとそふるき人まうしける

　しなてるやかた岡山のいひにうゑてふせるたひ人あはれおやなし

かへし

　いかるかやとみのおかはのたえはこそわか大君のみなはわすれめ

是は文珠師利菩薩のうゑ人にかはりて聖徳太子に奉給ひける御返也大和《河内イ》國にいかるかと云所にとみのをかはといふ川のほとりにうゑたる人のふしたるをみてあはれひ給ひけれはよめる飢人は文珠也聖徳太子は救世観音なれはみな御心のうちにはしりかはさせ給ひてよませたまひけるにや神仏の御哥なれは反哥のためしにしるしまうすなり

次に旋頭歌といふものありれいの卅一字の哥のなかにいま一句をくはへてよめるなり五文字の句七文字の句たゝ心にまかせたりくはふるところ又よみ人の心なりとはかきたれとはしめの五文字ふたつかさなれる哥は見えす

　ますかゝみそこなるかけにむかひゐてみる時《にイ》はこそしらぬおきなにあふこゝちすれ

これはなかに七文字をくはへたるなり

　かのおかに草かるおのこしかなかりそありつゝも君かきまさんみまくさにせん

是は中に五もしをくはへたるなり

　うち渡すをちかた人にものまうすそ《れ歟イ》ものそこにしろくさけるはなにのはなそも

これははてに七文字をそへたる也
さま〳〵におほけれとさのみやはとてしるし申さす
次に混本哥といへるものありれいの卅一字の哥の中にいまひと句をよまさる也

あさかほのゆふかけまたす散やすき花の世そかし

是はすゑの七文字の句をよまさるなり

いはの上にねさす松かえとのみこそたのむ心ある物を

これはなかの七文字の句の十文字あまりひと文字ありてはての七文字のなきなりこれもひとつの躰也
次折句の哥といへる物あり五文字あるもの〻なをいつ《五》句のかみにすへてよめるなり小野小町か人のもとへことかりにやる哥

ことのはもときはなるをはたのまなんまつはみよし《ちよしもイ》《かイ》《かし》へて《だてイ》《イ同》はちるやと

かへし

ことのはもはとこなつかしきはなおるとなへての人にしらすなよ夢《君イ》

是はことたまへといふ文字をくのかみにをきたるなりかへしはことはなしと云文字を句のかみにをきたる也
次沓冠折句のうたといへるものあり十文字あることはを句のかみしもにをきてよめるなり

イあはせたきものすこしといへることをすへたる哥

あふさかもはてはゆきゝのせきもゐすたつねてとひこきなは《みイ》かへさし

これは仁和のみかとのかた〳〵にたてまつらせたまひたりけるにみな心もえす返しともをたてまつらせたまひたりけるにひろはたのみやす所と申ける人の○《「御返事ならてイ本」》たきものたてまつらせたまひたりけれはこゝろあることにそおほしめしたりけるとそかきつたへたる

をみなへしはなすゝきといへることをすへてよめる哥

をのゝはきみし秋にゝすなりそます《へしたまあれなイ》へした《まイ》にあや《れイ》なしるしけしきは

これはしものはなすゝきをはさかさまによむへきなりこれもひとつのすかた也

次廻文哥といへるものあり草花をよめる哥

むら草にくさのはは《な歟イ》もしそなはらはなそしも花のさくにさくらん

これは摂《摂イ》論の尼か哥也さかさまによめはすみのまのみすといへることの躰におなし哥によまるゝなり

次短哥といへるものありこれは五文字七文字とつゝけてわかいはまほしき事のあるかきりはいくらともさためすいひつゝけてはてには七文字をれいの哥の躰にふたつつゝくる也

おきつなみ　あれのみまさる　みやのうちに

年へてすみし　いせのあまも　ふねなかしたる

こゝちして　よらんかたなく　かなしきに
涙のいろの　くれなゐは　われらか中の
しくれにて　あきのもみちと　ひと〳〵は
をのかちり〳〵　わかれなは　たのむかたなく
なりはてゝ　とまるものとは　はなすゝき
君なき庭に　むれたちて　そらをまねかは
はつかりの　鳴わたりつゝ　よそにこそみめ

是は伊勢か七條后宮にをくれたてまつりてよめる哥なりことはをかさりてそへよめるは《れイ》このころの人はこれをまなふ
へし人丸か高市皇子によせたてまつれる哥

かけまくも　かしこけれとも　いはまくも
ゆゝしけれ共　あすかやま　まかみかはらに
ひさかたの　あまつみかとを　かしこくも
定めたまひて　かみさふと　いはかくれます
まきのたつ　ふは山こえて　かりふやま

とゝまりまして　あめのした　さかえんときに

われもともとも

これはことはもかさらすさしことによめるなり是そむかしのみしか哥のすかたなめる又万葉集のなかに十文字ある句をふたつそへたる哥

うくひすの　かひこのなかの　ほとゝきす

ひとりむまれて　しやかちゝにゝてなかす

しやかはゝに似てなかす　うのはなの

さける野へより　飛かへり　きなきとよまし

たちはなの　はなをはちらし　日ねもすに

なけときゝよし　まひはせん　とをくなゆきそ

わかやとの　はなたち花に　すみわたれ鳥

これはよくしれる人もなし短歌《短哥に十文字ある句を二句そへる也イ》「の中」にも旋頭哥といふものはある《ありイ》「なめりれいの短哥に十文字ある句の二句そへる也」

しらくもの　たつたの山の　たきのうへの

おくらの峯に　ひらけたる　さくら○《のイ》はなは
やまたかみ　かせしやまねは　はるさめの
つきてしふれは　いとすへの　み《えイ》たはおちすき
さりにけり　しつえにのこる　はなたにも
しはらくはかり　なみたれそ　くさまくら
たひゆく君か　かへりくるまて

これは草まくらといへる五文字の句のそへる也

是を長哥といひ短哥といへることありこのころの人さたかにしれることなしたゝうけたまはりしは長歌といふはなかくさりつゝけてよみなせるにつきて長歌とはいふ也ことはのみしかきかゆへにまたみしか哥とはいふ也ことはみしかしといふはれいの卅一字の哥は花とも月とも題にしたかひてよむにそのものをいひはつ《へイ》る也たとへはあさか山影さへみゆる山の井のともとにいひつれはあさくは人をなとなを水のことにかゝりたることはをいひなかすなりこのみしか哥は哥の中にいふへき心をはすゑまていひなかせともことはをかへつゝいはるゝにしたかひてわたりありてなりたとへはおきつなみあれのみまさるみやのうちにとおもひよりなはすゑまてそのうみのことは○《にイ》つきていひはつへき也これはことはにひかされて涙の色のくれなゐはといひて又花すすきにかゝりて空をまねかせてするにはつかりの鳴渡

りつゝといひはつれは哥ひとつかうちにあまたのものいひつくせるによりてみしか哥とはいふなりとそ中ころの人申けるたゝしれいの歌にもあまたの物よめる哥ありあつさ弓をしてはるさめともいひてすゑにわかなのことをいひたることもきこゆれはにやれいの哥をみしか哥とかける髄脳もみゆめるは詩に短哥行長哥行と云ものあれとその心かなはさるなり

次に誹諧哥といふ物ありこれよくしれる人なしまた髄脳にもみえたる事なし古今にあるにつきてたつぬれはされこと哥といふ也よくものいふ人のされたはふるゝかことし

むめの花みにこそきつれ鶯のひとく〳〵といとひしもする《イ同》

あきの野になまめきたてるをみなへしあら《なイ》こと〳〵しはなもひととき

これらかやうなることはある哥はさもときこゆさもなき哥のうるはしきことはあるは人にしられぬ事にや宇治殿の四条大納言にとはせたまひけるにこれはたつねおはしますましき事也公任あひとあひたりし先達ともに随分にたつねはへりしにさたかに申す人なかりきしかれはすなはち後撰拾遺抄《集イ》にえらへることなしとそ申けれはさらは無術ことなりといひてやみにきとそ帥大納言におほせられけるそれに通俊中納言の後拾遺といへる集をえらへるに誹諧哥をえらへりもし○《おしイ》はかりことにやこれによりて事ともをしはかるにはか〳〵しきことやなからんとこそ申されしか次に連歌といふものありれいの哥のなからいふ也もとすゑ心にまかすへしそのなかからうちにいふへきことの心をいひはつる

也心のこりてつくる人にいひはてさするはわろしとすたとへはなつのよをみしかきものといひそめ《ヲキイ》しといひて人は物をやおもはさりけんとするゐにいはするはわろしこのうたを連哥にせんときは夏夜をみしかきものとおもふかなとすへきなりさてそかなふへき

　　　尼の作

　さほかはのはみつをせきあけてうゑし田を

　　　家持中納言

　かな《このイ コノイ る》わせいひはひとりなるへし

〈万葉第八／有之〉これは万葉集の連歌也よもわろからしと思へと心のゝこりてするゐにつけあらはせるいかなることにか

　しら露のおくにあまたの聲す也花の色々有としらなん《せイ》

これは後撰の連哥也

　ひとこゝろうしみつ今はたのましよ夢にみゆやとねそすきにける

これは拾遺抄の連哥也これふたつはあひかなへり古今には連歌なし

次に隠題といへるものありものゝなをよむにその物の名を哥のおもてにすへなからそのものといふ事をかくしてまと

はせる也あらふねのみやしろといへる九文字をかくしてよしなきせりの哥によみなせる也

くきも葉もみなみとりなるふかせりはあらふねのみやしろくみゆらん

なとりのこほりと云七文字をかくせる哥

あたなりなとりのこほりにおりゐるは下よりとくることをしらぬか

これらはおもしろしまねふへきか

龍膽をたいにする哥

わかやとの＼は《イ大字》なふみ／ちらす∨とりうたう《ん》＼《イイ大字は歟》の《イ同》こなければや／こゝにしもすむ∨

桔梗を題にする哥

あきちかうのは成にけり白露のをける草葉も色かはりゆく

これは人の常にいふさまにはよみにくけれはまことにかけるもしを尋てその儘によめる也よのすゑにもさやうなる事あらはその文字をたつねてよむへきなり

なしはらのむまやといふ事を題にする歌

君はかりおほゆる物はなしはらのむまや出こんたくひなきかな

とよめりなへてのことはにつかはいまやいてこんとよむへけれむまやといへることたる《かイ》ひたるさまにきこゆれと拾遺

抄に能宣か仲文にくるまのかもといふものをこはれてなしといひけれは

かをさしてむまといひける人もあれはかもをもおしと思ふなるへし

とよみたりける哥のかへしに

なしといへはおしむかもとや思ふらんしかやむまとそいふへかりける

とよめりこれらをみれはいまといへることはをはむまといふへしとそみゆるこれひかことにあらしされはかのなしはらのうたもよきなめり

万葉集に相聞哥といふは恋の哥を云也挽哥といへるはかなしひの哥なり譬喩といひ問答といふは文字にあらはれぬ哥の病をさることとふるき髄脳にみえたるかことくならはその数あまたありそれらをさりてよまはおほろけの人のよみうへきにもあらすたゝよのするの人のたもちさるへきことのかきりをしるし申すへしふるき哥にもそれらの病をさりてよめりとも見えすいます《にイ》もさるへしとみゆるは同心の病文字の病也同心の病と云は文字はかはりたれと心はへのおなしきなり

山桜咲ぬるときはつねよりも嶺の白雲たちまさりけり

これは山と峯と也山のいたゝきをみねと「は」いへは病にもちゐ《ひイ》る也

もかり舩いまそなきさにきよすなる汀のたつのこゑさはくなり

これ又なきさとみきはとなりみきはをなきさと云《いへ》は文字はかはりたれとおなし心の病とする也

　みちよへてなるてふもゝのことしより花咲春に《イ同》あひ《なりイ》そしにける

これもとしとよとを病と亭主院哥合にさためられたり文字病と云は心はかはりたれと同文字あるを云なり

　みやまには松の雪たに消なくにみやこは野へ《にイ》にわかなつみけ《イ同古今二八のトアリ》り

是はみやまとみやこと也みやまにはといふはしめの五文字のみや《とイ》「まはまことのおく山と云」みやこは「のへに」と云「みやは花のみやこと《下の句のはしめのみとなりイ》はいへる」文字は同けれと心はかは《こゝろはかはりたれと文字は同しきなりイ》る也

　今こんといひしはかりに長月の在明の月を待いてつる哉

この月《れはイ》と《は歳イ》つきと也長月のとよめる月は月なみの月也ありあけの月とよめるはそらに出る月をいへるかはれと同文字なり

　難波津に咲や此花冬こもり今は春へとさくやこの花

これふるき哥論議といふものにたかひに論したることなれはいまはしめて申すへき○《事イ》にあらねと「も」なには津と云《にさく》は難波の言をいひこのはなと云は梅花をいふなりとはいへれ《やこのはなといひイいまをはるへとさくやこのはなといへれは文字やまひはさるとこそみゆれイ》と文字やまひはさりところみえす

　あさか山かけさへみゆる山の井の浅くは人を思ふ物かは

これ又文字の病也あさか山といふ初の五文字は所の名也「にこりて云へきなり」なかのあさくは人をと云は心あさし

といふこと「は」なれは心かはるといへと文字のやまひはさりかたくそみゆるこれふたつは哥の父母としておさなき人の手ならひはしむる哥なりとふるき古今《イ同ものイにイ》かけりこのちゝはゝの哥の病「の」あれはすゑの世の子孫の歌のやまひ「は」あらんにとかならんかまたふるき哥のなかにさりところなき病ある哥もあまたみゆめれはいかなることにかあらんよむへからんもしのつゝきにたゝよむへきにやとそみゆる

み山にはあられふるらしと山なるまさきのかつら色付にけり

これみやまと山となり

さかさらん物とはなしに桜花おもかけにのみまたきたつらん

このさかさらんといへるらんとまたきたつらんといへるらん○《とイ》なり

あつさ弓をして春雨けふふりぬあすさへふらはわかなつみてん

このけふゝりぬとあすさへふらはといふなりこれらはのかるゝ所なきやまひなりこれらみな三代集にいれり是はたとへは人のかたちすくれたる中にひと所をくれたる所みゆれともくせともみえぬかことしこれらありとていとしもなからん哥のやまひさへあらんはひきところなくやあらん

天徳の歌合に山ふきを題にする哥に

ひとへつゝ《や》やへ山吹はひらけなんほとへて匂ふ花とたのまむ

とよめりこれをやへ山ふきの本意にはあらすさらはひとへ山ふきとこそいはめとさためられたりけるけにさもと聞ゆもとのするの文字とするのはての文字と同是は哥にとかとする事也とさためられたりこれにつゐてよむましきかとおもへは同哥合のさくらの哥に

　足曳の山かくれなる桜花ちりのこれりと風にしらすな

とよめりはなとすなとこのなと是おなしこれをはあしともさためられす是は物の名とたゝのことはとはゆるすここ《なりイ》ろかさくら花と云は物の名也しらすなとは詞なれは也イ

　わか恋はむなしき空にみちぬらしおもひやれとも行かたもなし

このらしとなしとおなしけれともとかある哥ともさためられすかやうの程のことは哥によるなめりまたおなし哥合に

　ことならは雲ゐの月となりなゝむこひしきかけや空にみゆると

とよめりこれはもとのはしめのこ文字とするのはしめのこ文字とおなしいかゝ有へきとさためられたり是又古き哥になきにあらす

　こひしさはおなし心にあらすともこよひの月を君みさらめや

とよめり恋しさと云ことこよひの月と云こととなり

　あき風に〈こゑをほに／あけて〉くるふねは〈あまのとわたる／かりにそ有ける〉

とよめりあきとあまとなり是寛平哥合にとかとさためられす

又はしめの五文字の初字と次の七文字の初字とおなしきは髄脳に岸樹のやまひといへりこれはさるへきこと也同文字よみつれはさゝえてみゝとまりてきこゆされとまたふるき哥になきにあらす

しら露もしくれもいたくもる山は下葉のこらす紅葉しにけり

秋の夜のあくるもしらす鳴虫はわかこと物やわひしかるらん

又初五文字のはての文字となかの五文字のはてのもしとおなしきはみゝとまりてあしくきこゆとかきたれとふる哥にみなよみ「の《て見ゆイ》こしたることなし」

やま風にとくる氷のひまことにうち出る波や春のはつ花

山かせにと云に文字とひまことにといふに文字となり

古郷はよしのゝ山のちかけれはひと日もみゆきふらぬ日は《そ》なし《きイ》

ふるさとはと云は文字とちかけれはといふは文字と也これともにあしくもきこえすかうほとのことはうたによるへきなめり病さる事大略如是哥は卅一字あるを卅三四字あらはあしくきこゆへけれとよくつゝけつれはとかともきこえす

ほの〳〵と在明の月の月影にもみち吹おろす山おろしのかせ

しぬる命いきもやするとこゝろみに《んイ》玉のをはかりあはんといはなん

さきの哥は卅四字次哥は卅三字あるなり
又はしめの五文字の七文字ある哥
　いてあかこまははやくゆきませまつちやままつらんいもをはやゆきてみん
これらみなよき歌にもちゐられて人にしられたり文字のたらねはよしなき文字そへたる哥
　はなの色をあかすみるとも鶯のねくらのえたにてなふれそも
このてなとゝ云な文字也
　村鳥のたちにしわかな今さらにことなしふともしるしあらめや
このなしふともと云ふ文字也
おほよそ哥は神仏みかときさきよりはしめたてまつりてあやしの山かつにいたるまてその心あるものはみなよまさるものなし神佛の御哥はさきにしるし申せりみかとの御哥はおほさゝきの天王のたかみくらにのほりてはるかに見やらせ給へる御製
　たかきやにのほりてみれは烟たつ民のかまとはにきハイニケリ
これはみやこうつりのはしめたかみくらにのほりてたみのすみかを御らんしてよませたまへる哥也かまとなとは哥によむにいやしきことはなれとかくよみをかれぬれはゝかりなしみかとの御うたいまはしめて書いたすへきにあらす

延喜天暦の御集を御覧すへし
嵯峨の后の御哥にうへわたらせ給たりけるに
　ことしけししはしはたてれよひのまにをけらん露はいくらはらはん
これ又さきのことしをのく集を御覧すへし哥は假名の物なれはかゝれさらんことはのこはからんをはよむましけれ
と古き哥にあまたきこゆ
行基菩薩の哥に
　霊山の釋迦の御前に契てし真如くちせすあひみつるかな
婆羅門僧正御返事
　迦毘羅會にともに契しかひありて文殊のみかほあひ見つる哉
是は聖武天王と申ける「女帝の」みかとの東大寺をつくりて行基菩薩に供養せさせ給へと申させたまひけれはいま此
み寺の供養にあはんとて婆羅門僧正と申す人まいらるらん《へしイ》その人に供養せさせたまへと申させ給ひけれはまたせ給ひ
けれともをそくみえたまひけれはいかにといふかりおほしてたちゐまたせ給ひける程にその時になりておしきに花《下》
香《上イ》をそなへてうみにうけて人してみせさせたまひけれはおしきなみにつきてはるかにおきさまへゆきてみえすなりぬ
とはかりありておしきの花をさきにたてゝまいり給へりけれはよろこひおほしめしてとくとすゝめさせ給ひけるに婆

羅門僧正によみかけ申させ給ひける哥なり霊山と申すは釈迦如来の法華経とかせたまひける所也真如といへるはまこ
とゝいへる事也此ふたりは同聞《因イ》衆にておはしけるとそいひつたへたる

又高岡の親王の弘法大師にたてまつらせ給ける哥

いふならく《ハカナクテイ》捺落の底に入ぬれは刹利《セツリ》も修陀もかはらさりけり

御返し　弘法大師

かくはかりたるまをしれる君なれはたゝきやまてもいたるなりけり

もとの哥にならくのそことよまれたるは地獄也せちりもといへるはみかときさきもと云也修陀もといへるはあやしき
かたひ《ちイ》もと云也地獄におちぬれはおなしやう也とよまれたる也かゝるよのことはりをよくしろしめしたる人なれはか
くめてたき身にてはおはします也とよまれたる也

傳教大師御哥

阿耨多羅三藐三菩提の《イあのくたらさみやくさほたいの》佛たち我立杣にみやうかあらせたまへ

これはひえの山をするゐの世まて有へきよしをよませ給へる也此人〳〵こそは哥なとをはさる物やあらんともしらてお
はすへけれとわか国の風俗なれはみなよみつたへたまへるなり

住吉明神御哥

　夜や寒き衣やうすきかたそきのゆきあひのまよりしもやをくらん

これはみやしろの年つもりてあはれにけ《あイ》れはみかとの御夢にみせたてまつらせ給ひける哥也かたそきと云は神のやしろの棟にたかくさし出たる木のなゝりすみよしのみやしろはふたつのやしろのさしあひてあれはそのふたつのみやしろのくちにたるよしをよませたまへるにやかたそきをかさゝきとかける本あるにや哥論義にあらそへるはかさゝきと云ては心もえす

みわの明神の御うた

　恋しくはとふらひきませ千早振みわの山本杦たてるかと

これは三輪の明神のすみよしの明神にたてまつらせ給ける哥とそ云つたへたる

或本云みわの明神の住よしの明神にすてられてよみ給へる哥也云《とイ》々

　住吉のきしもせさらんと《も歟》のゆへにねたくや人にまつといはれん

これも住吉明神の御哥とこそは申つたへたり《めれイ》ひかことにや

伊勢か枇杷の大臣にわすられたてまつりておやの大和守継蔭かもとへまかるとてよめる哥

　三輪の山いかに待みんとしふとも尋る人もあらしとおもへは

是はかのみわの明神の御哥を思ひてよめる也

我やとのまつはしるしもなかりけり杦村ならは尋ねきなまし

すきをしるしにてみわの山を尋ぬとよむ也みなゆへあるへしむかしやまとの国におとこ女あひすみてとしころになりてけれとひるとまりてたかひにこと「の」なかりけれはとし比の中なれといまたそのかたちをみる事なしとうらみけれは男うらむる所ことはり也但わかかたちをみてはおちおそれんかいかにと云けれは此なからひとしをかそふれはいくそはくそたとひそのかたちみにくしといふともねかはくはたゝみえ給へといへはさらはわれそのみくしけのなかにをらんひとりひらき○《てイ》み給へといひてかへりぬいつしかあけてみれはちいさきくちなわわたかまりてみゆおとろきおもひてふたをおほひてのきぬその夜又きたりてわれをみておとろきおもへりまことにことはり也われも又きたらんことはちなきにあらすといひちきりてなく〳〵わかれさりぬ女うとましなからこひしからんことをなけきおもひてをのまきあつめたる○《をはイ》へそといへりこのへそをはりにつけてかりきぬのしりにさしつ夜あけぬれはそのを〻しるへにてたつねゆきてみれはみわの明神の御ほ《こイ》くらのうちにいれりそのをののこりのみわけ残りたりけれはみわの山といふなり

伊勢太神宮祭《斎》主輔親によませたまへる哥

さかつきにさやけきかけのすみぬれはちりのおそり《れイ》も《ハイ》あらしとをしれ

御和云　　　　輔親

おほちゝちむまこすけちかみよまてにいたゝきまつるすへら御神

これは輔親祭主になりてはしめて御なをらひたまはりけるによろつにたへぬ身なれはおそりあるよしを申けれはまへにさふらふ人につきて詫宣したまひけるとそまうしつたへたるなをらひとは伊勢國にて神のまへにてさけのみものくひなとするを申なり

和泉式部保昌にわすられてきふねにまいりてよめる哥

もの思へはさわの蛍も我身よりあくかれに《いつイ》ける玉かとそ見る

明神の御返し

おく山にたきりて落る滝つせに玉ちるはかり物なおもひそ

これはみやしろのうちにこゑのきこえけるとそ式部まうしける

貫之か馬にのりていつみの国におはしますありとほしの明神の御まへをよるくらかりけれは神のおまへともしらてとをりけれは馬にはかにたふれていかにもおきあからすいかなる事にかとおとろき思てひ《火イ》のほかけにみれは神の鳥ゐのみえけれはいかなる神のおはしますそと尋ねけれはありとをしの明神と申てものとかめせさせ給神なりもし乗なからや通りたまひつると人のとひけれはいかにも神おはしますらむともしらてすきはへりにけりいかに○《かイ》すへき○《とイ》やしろのねきをよひてとひけれはそのねきたゝならぬさまになりて汝われか前を馬にのりなからとをるすへからく○《はイ》しらされはゆるしつかはすへきなりしかあれと和哥に《の歟》道をきはめたるものなりその《かそ歟》○《ちイ》をあらはしてすきはむま定て立事を

えんか是御神の託宣なりといへり貫之たちまちに水をあみてこの哥をよみて御殿のはしらにをしつけておかみ入てとはかりあるほとに馬おきて身ふるひしてたてりねきゆるしたふといひてさめにけり

あま雲の立かさなれる夜はなれはありとほしとはおも《もイ》ふへきかは

實綱か伊よ守にてはへりけるに哥このむものにて能因法師をくして伊よにくたりてはへりけるにそのとし世中に日てりしていかにも雨ふらさりけりそのなかにも伊与国ことのほかにやけて國内に水たえてのみなとするたになかりけれは水にうゑて死ぬるものあまた有けり守実綱なけき思ひていのりさはきけれといかにもしるしもみえさりけれはおもひわつらひて能因法師にかみは哥にめてたまふ物也三嶋明神に哥よみて参らせて雨いのれと申けれはことにきよま《めイ》いりていろ〳〵のみてくらにかき付てやしろに参りてふしおかみける程に○《にはかにイ》くもりふたかりて大雨ふりてたへかたきまてやます

あまのかはなはしろ水にせきくたせあまくたります神ならは神

そのゝち三日許をやみもせすふりて後には四五日計に一度ふりて国のうち思さまにそ成にけるよのすゑなれと神は猶哥をは捨させ給はぬとそ實綱申けるこれはよしなしことなれと神の御哥のつゝきにさることありときこしめさんれうにかきて候也まして人のかたちしたらんものはこのみならふへきにやいきとしいきたるものゝ何者かは哥をしらさるめにみえぬおにかみをもあはれとおもはせたけきものゝふの心をもなくさむるものと古今の序にかゝれたれとむかし

の事にやこのころはさもみえすあさましけにおひたるおきな七人なみゐてをの〳〵ひとつゝよめる哥

か「う」そふれはた《トイ》まらぬ物をとしといひてことしはいたく老にける哉

をしてるやなには○みつ《のイホリエイ》「は」にやく塩のからくも我はおひにける哉

おいらくのこんとしりせはかとさしてなしとこたへてあはさらましを

さかさまにとしをゆ《はイ》かなんとりもあへす過る齢やともにかへる《めくるイ》と

とりとむる〈ものにし／あらねは〉とし月を〈めはれあなうしと／すくしつるかな〉

とゝめあへすむへもとしとはいはれけりしかもつれなく過るよはひか

鏡山いさ立寄て見てゆかん年へぬる身はおひやしぬると

是は老たる人々のあつまりていたつらにおひぬる事をいひてよめる哥也此ころの人はあまたあつまりたりともをのつからひとりふたりやかくもよまん七人なからはおもひもかけしかし

人のむすめのやつに成ける哥

　神無月しくれふるにもくるゝ日の君まつ程はなかしとそおもふ

これは十月はかりにはゝの物にまかりてをそくかへりけれはよめる哥也

五節のまひひめのよめる哥

くやしくそあまつをとめと成にける雲路たつぬる人もなき世に
五節の舞姫なれはおさなくこそはありけめこのころはさかしとやにくまむ
またちのむほとのこもむかしは哥をよみけるにや

　鶯よなとさはなくそちやほしきこなへやほしきはゝやこひしき

これはおさなきちこをてゝかまゝはゝにつけてをきたりけるかおやの物へまかりたりけるほとにつちしてちいさきなへのかたをつくりたりけるをまゝ母わか子にはとらせてこのまゝ子にはとらせさりけれはほしと思ひけれとえこはさりけるにうくひすのなきけれはよめるちなともほしかりけるほとにやおさなき人もちこ「と」も「ゝ」むかしは哥をよみけるとためしになん
乞食の人の家に常にきて物をこひけるを東面にゐたりける人はすさめさりけり西面に居たる人は時〳〵物をとらすれはきてよめる哥

　をこなひをつとめて物のほしけれは西をそたのむくるゝかたとて

このゝちいよ〳〵あはれかりてつねに物とらせけるとかや

　　　　せひ《みイ》丸か哥

世中はとてもかくても有ぬへし宮もわらやの《もイ》はてしなけれは

これはあふさかのせきにゐてゆきゝの人に物をこひてよをすくす物有けりさすかに琴なとひき人にあはれかられける物にてゆへつきたりける物にやあやしのくさのいほりをつくりてわらと○《いふイ》物をかけてしつらひたりけるをみてあやしのすみかのさまやわらしてしつらひたるこそなとわらひけるをよめる哥也

賀朝法師の人のめにしのひてかよひ侍けるほとにおとこに見つけられてよみかけける

　身なくとも人にしられし世中のしられぬ○《やまイ》をしるよしもかな

かへし　　　もとのおとこ

　世中にしられぬやまに身なくともたにの心やいはておもはん

この比の人はさらに哥よましものを

ぬす人ことにかゝりてことのあらはれにけれはかくれゐて中へまかりけるときにめにわするなと申けれはよめる哥

　忘るなといふになかるゝ涙川うき名をすゝくせともならなむ

おなしことにて遠江国へまかるにはつせ川をわたるとてよめる

　はつせ川わたる瀬さへやにこるらんよにすみかたきわか身と思へは

さるおりにもむかしの人は哥をよみけれは此比の人には似さりけるとそみゆる

故師大納言の母高倉のあまうへと聞えし人のもとに参河守なりける人のちいさきめをたてまつりたりけるをまへにた

てられたりけるおき物のつしにをきてめつらしきものなりとてとりもちらさゝりけるかほともなくすくなく見えけれはあやしかりてをきたりける人のきひしくたつね沙汰しけるにこと○《にイ》女房のちかつきよりたりけるをうたかひてたつねいさかひけるをきゝて

尼上

うらなく《イ同》ていくのみるめはかりもせよいさかいをさへひろふへしやは

おいける女房

めにちかくおきつ白浪かゝらすはたちよるなをもとらすやあらまし

又同事にてせなかうたれんとしける時によめる哥

おひはてゝ雪のやまをはいたゝけとしもと見るにそ身はひえにける

この哥のとくにゆるされけりとそきこゆる

帥内大臣と申ける人の御もとにてにはかにしにけれはしとみのもとにかきのせておほちにをきたりけるに草の葉にをきたりける露のあしにさはりけるほとにほとゝきすの鳴てすきけるをきゝてよめる

河内守重之

草のはにかとてはしたり郭公しての山ちもかくや露けき

良暹法師ゆきのふりける日しなんとしけれはよめる

死出《して》の山またみぬ道をあはれわか雪ふみ分てこえんとすらん

うせける日よめる　業平中将

つゐにゆく道とはかねて聞しかと昨日けふとは思はさりしを

イ大字ムカシノ人ハイカナルオク《をりイ》ニモ哥ヲヨミケレ《るイ》ハソラコトノヤウニ○《そイ》キコユルイ本

一本以下二十八字ナシ「よまれしものをと思へとさこそはありけりそらことならむやは」

おほかた《よそイ》哥をよむには題をよく心うへきなり題の文字は三文字四文字五文字ある題もあるをかならすよむへき文字かならすしもよむへからさる文字まはして心をよむへき文文《字イ》さゝえてよむへき文字あるをよく〳〵心うへきなり心をまはしてよむへき文字をあらはによみたるもわろし以下衍歟一本ナシ「たゝあらはによむへき文字をまはしてよみたるもわろし」たゝあらはによむへき文字をまはしてよみたるもくたけてわろくきこゆとそふるき人まうしけるかやうの事はならひつたふへきにあらすたゝわか心をえてよむへき也題をもよみそのことくなからむおりの哥は思へはやすかりぬへき事也たとへははるのあしたにいつしか哥をよまんとおもはゝさほ《よもイ》の山邊にかすみのころもをきせつれははる風にふきほころはせみねのこすゑをへたてつれは心をやりてあくからせむめのにほひにつけてうくひすをさそひ子日の松につけて心のひくかたなれは千年をすくさむ事をおもひ若なをかたみにつみためても心さしの程をみせの

こりの雪の消うせぬるにわか身のはかなきことをなけき花咲ぬれは人の心もしつかならす白雲にまかへ春の雪かとおほめき心なき風を恨み人ならぬ雨をいとひあをやきのいとにおもひよりぬれはおもひみたるともくりかへしこのもとにたちよらん事をいひ草のもえ出るにつけてもさわらひをうたかひやよひにもなりぬれは山かつのそのふにたてるも物のすかたにつけてもすける心をあはれひみちとせになるといふなるもゝのことしはしめてさきそむるかとうたかひ春のむなしくすきぬるにつけてもいたつらに年月をゝくる事をなけきいつしかと時鳥をまちやすき夢をたにむすはすしらぬ山路に日をくらしおもはぬふせ屋によをあかすにつけてもよむへきふしはつきもせすさ月になりぬれはあやめ草にかゝりぬれは人の心のうきにおほし身のほとをしらぬにひかせなかきねをたもとにかけ心さしをあさかの沼までおもひに《本ノマヽ やイ》りおもひのきにふかせなとすへき也かくて「こゑ」みな月に成ぬれは時鳥に別れをおしみかきり有て身はくもちにかへるともこゑはかりをはなきとゝむへきことはをかたらひ「みな月」に「も成ぬれは」松かけのいはゐの水を結ひあけても夏なきとしかとうたかひよろつにあつかはしき身の有さまをなけきかやりひのくゆるにつけてもことはのつきすへきにもあらす秋のはしめにもなりぬれははつ風のけしきも身にしみおきの葉のそよとこたふるにつけても哀をもよほしたなはたのあふせを待つけてわたしもりをたつねかさゝきのわたせる橋をもとめて雲のころもを引かさね給ふらんめつらしさも心をかしく程もなくあけぬる事をなけきなこりのこひしさをいひつくさんにも月の光はいつ《と歟》こもわくましき事なれとあきは猶いかなるかけ○《をイ》とおほえ山かつのふせやの内にては雲の上人をうらやみ玉のうて

なにてはあかしの浦をおもひやられ草むらの露をかそへはねうちかはしとふかりもかくれなきまてみゆ山のはよりたちいつるももみちすれはやとおほえ雲間の月の嵐にはれゆくもめつらしく物をおもひ人をこふるにつけてもすくれたる心ちそする木の葉の色付ぬれはにしきのひほ《もイ》をときあらしにたくひぬれはなみたをおとしみむろの山に散ぬれはたつたの川に水をうしなひよしの河にみちぬれはわたらん事をなけき雨とふれとも水のまさらぬ事をよろこひ草むらのむしのこゑ〳〵に人にしられはきの花つゆにすかられて庭もせにおれふしをみなへしなにめてられて行かふ人におられ花すゝき風にしたかふ心なれはつま木こりにゆく山かつのいやしきをまねきぬしさたまらぬふちはかまをさゝかにのいとにかけまかきのはつ霜にをきまとはされうつろふいろみさ《みさほのイ ほ也》のえ「た」をたはめ人の心をあくからす冬のものははつゆきめつらしくふりていはほにもはなをさかせあしひたく屋のすゝをもひきかへよもの山邊をかさり草のとさしふりとちつれは人しれすあけん春をまちみちかくれぬれはふみわけてとはん人をまち池のつらひまなくむすふほとに成ぬれはたかせの船もかよはすあしまにすたくかものうきねもたえぬ氷せきかたく成ぬれはたまものやとにくることたえぬ○《とイ》うらむとし暮ぬれはをくりむかふとなにいそくらんと思ひなからよのならひなれはをのつからつもりぬることをなけきよむへきなりこひの哥をよみ身のことをいはんと思はんにはおもひよるへきことはなにゝかあらんなつひきのいとゝもさゝかにのいとゝもおもひよりなはおもひたゆともかきたゆともくるにつけてもくりかへしとも心ほそしとも又心なかしとも思ひみたるともかきみたるともわかてにかけしつはたにかけても折ふしにしたかひていひな

かしつれはをのつから哥めきぬるもの也又そま山とも杣川ともとりかゝりぬれは此暮とも夕くれとも日のくれかたにともおつるいかたの過やらすともまたうみのふねなとにとりかゝりぬれはつゝきはおほかる物そかしよのうらめしさにつけてもさほのさすかにともつなよはみとも又たえてあふま《にイ》しとも思ひこかるとも人の心のうきたる事をなけきつりのうけなることをわか身にたとへあまのたくなはくりかへし人をうらみみちくるしほに袖をぬらしあさゆふみるめをかつきよにいきたるかひをひろひうつせかいのむなしき事をわか身によそへあみのひとめをつゝみあまのとまやに旅ねをしてもかちをかこひにしてとまをむしろにしきあみのうけを草のまくらにむすふにつけてもいふへきことはつきもせぬもの也おとこは女をつまといひ女はおとこをつまといふにやこれをくせぬをはつまなしといふつまなしといはんとてはあれたるやとゝいひ津の国のまろやなとにつけていひつれはすへらかにきこゆくれ竹のといひつれはひと夜のことをおもひいてねにあらはれぬる事をなけきかはたけのといひてはなかれてのすゑのよひさしかるへきことをつゝくへきなりよをもうらみ身をもなけかんとてもゆるとくさきにつけていふは草も木もいまめくみはへ出るをいへはうちまかせて春夏よむへき也秋冬はその時におひ出ん草木につけてよむへきなりたゝうはの空にはよむへからすほにいつといふは心にこめしのひたることを思ひあまりて人にきかせあらはせるをいふ也これをいはんとては春は草のもえ出るにたとへ夏は時鳥の音にあらはれ秋は花薄のほにいつるによそへ山のはにさし出る月をなかめ冬は袖のつらゝのこほりてちれるにあらはれぬることを云へき也おもひみたるゝと云○《は》心にいかにせましとおもふことのあるを

思ひわつらひてなけくを云也それをよまむおりにはかるかやにたとへあさねかみによそへしのふもちすりなとにくらふへきなりかならすかくよむへしとにはあらすたとへはえおもひよらさらんおりにはこれをみて心をえてくさるへきかおほかたかやうのことゝもはつきせぬともいかてはか《かイ か歟》きつくしさふらふへき
おほかた哥のよきといふは心をさきとしてめつらしきふしをもとめことはをかさりよむへきなり心あれ○《はイ は歟》とてことはかさられは哥おもてめてたしともきこえすことはかさりたれともさせるふしなけれはよしとも聞えすめてたきふしあれとも優なる心ことはくせねは又わろしけたかくと《本ノマヽ》ほしろきをひとつのことゝすへしこれらをくしたらん哥はよのするにはおほろけの人はおもひかくへきにもあらす金玉と云ものありその集の哥なとこそはこれらをくしたる哥ならめそれを御覧して心をえさせ給ふへき也これらをくしたりとみゆる哥少ししるし申へし

　風吹はおきつ白浪たつ田山夜はにや君かひとりこゆらん

しら浪と云はぬす人の名也さるものゝたつた山をおそろしくひとりやこゆらんとおほつかなさによめる哥也
「或本云伊勢物語にくはしくみえたりと」云々

　袖ひちて結ひし水のこほれるを春立けふの風やとくらん

　春立といふ許にやみよしのゝ山も霞てけさはみゆらん

　ほの〳〵と〈あかしの／うらの〉あさきりに〈しまかくれゆく／ふねをしそ思ふ〉

桜散この下風は寒からて空にしられぬ雪そ降《フリ》ける
恋せしとみたらし河にせしみそき神はうけすも成にけるかな
紅葉せぬときはの山にすむ鹿はをのれ鳴てや秋をしるらん
たのめつゝこぬ夜あまたに成ぬれはまたしと思ふそまつにまされる
吉野河いは波たかく行水のはやくそ《も歟》人を思ひ初てし《き歟》
難波潟塩みちくれはかたをなみ蘆へをさしてたつ鳴渡る

ひとへに優なる哥

おもひ出る〈ときはの／やまの〉いはつゝし〈いはねはこそあれ／こひしきものを〉
春立てあしたの原の雪みれはまたふる年の心ちこそすれ

たけたかくとをしろき哥

よそにのみみてやゝみなんかつらきの高天の山の嶺のしらくも
思ひ兼いもかりゆけは冬の夜の川風寒み千鳥鳴なり

よきふしに優なる事くしたる哥

すみ吉のきしもせさらん物ゆへにねたくや人にまつといはれん

胸はふし袖は清見か関なれや烟も波もたゝぬ日そなき

心をさきとして詞をもとめたる歌

古今

吹風にあつら《大伴黒主》へつくる物ならは此一枝はよけといはれ《まイ》し

吹風は花のあたりをよきてふけ心つからやうつろふとみん

をそく出る月にも有かな足曳の山のあなたもおしむへらなり

「此哥或本無之」

よき哥にこはき詞そへる哥

春霞たてるやいつこみよしのゝ吉野の山に雪は降つゝ

野邊近くいゑゐしせ《をイ》れは鶯の鳴なる聲は朝な〳〵きく

風情あまりすきたるうた

大そらをおほふはかりの袖もかな散《春さくイ》かふ花を風にまかせし

水うみに秋の山邊をうつしてははたはり廣き錦と《ソイ》やみ《ルイ》ん

春雨のふるは涙かさくら花散をおしまぬ人しなけれは

五文字こはき哥

そへにけふ暮さらめやはと思へとも絶ぬは人の心也けり

たれこめて春の行ゑもしらぬまに待し桜は《もイ》うつろひにけり

するゑなたらかなる哥

桜花ちりかひまか《くもれイ》へ老らくのこんといふなる道まとふかに

夢路には足もやすますかよへともうつゝに人め見る事はあらす

黒髪にしろかみましりおふるまてかゝるこひにはいまたあはさるを

聞につみふかきうた

此世にて君をみるめのかたからはこんよのあまと成てかつかん

あすしらぬ命成とも恨をかんこの世にてのみやましとおもへは

けにときこゆる哥

恋しなん後は何せんいけるひの《身イ》ためこそ人はみまくほしけれ

有はてぬ命待まの程はかりうき事しけく思はすもかな

ありへんと思ひもかけぬ世中は中〳〵身○《をイ》そなけかさりける

心くるしくいとほしき哥

さゝのくまひのくま河に駒とと《とめイ》てしはし水かへ影をたにみん

夕やみは道たと〳〵し月待てかへれわかせこそのまにもみん

心さし見せんとよめる哥

をはたゝのいたゝの橋のくつれなはけたよりゆかんこふなわかせこ

山城のこはたの里にむまはあれと君を思へはかちよりそゆく《クルイ》

みちのくに《のイ》とふのすかこもなゝふには君をねさせてみふに我ねん

おひたゝしきふしある哥

なとてわれ〈うたゝある／こひを〉はしめけん〈しとろにとこの／たちそゝく《そよくイ》まて〉

まてといふに立もとまらてしゐてゆくこまのあしおれまへのたなはし

をこかましきふしある歌

うたゝねに恋しき人を夢にみておきてさくるな《れはイ》き《ソ》かわひしさ《きイ》

枕より跡より恋のせめくれはとこなかにこそおきゐられけれ

ひたふるにきこゆる哥

梓弓思はすにしていりぬる《にしイ》を引とゝめてそふすへかりける

山ふし《カツイ》《よをいとふ歟》の苔の衣はたゝ《た》ひとへかさねはうす《ツライ》し《とイ》いさふたりねん

にくからても「人は」別「に」けりときこゆる哥

忘れなんと思ふ心のつくからに有しよりけにまつそ恋しき

あかてこそ思はん中ははなれなめそをたにのちのわすれ形みに

おもひはなちたるやうにてさすかにねちけたる哥

心有てとふにはあらす世中にありやなしやのきかまほしき《さにイ》そ

たのめこし言のは今はかへしてん程なき身にはをき所なし

「をんなはさうなとみゆることをたにあらかふにこそかゝりたれ」いとおしくおいふしたる哥

人しれす絶なましかは侘つゝもなき名そとたにいはまし物を

なき名そと人にはいひて有ぬへし心のとはゝいかゝこたへん

ものに心得たりける人かなと聞ゆる哥

あまのかるもにすむ虫の我からとねをこそなかめよをはうらみし

大かたの我身ひとつの憂からになへての世をも恨つるかな

おもひかけぬふしある哥

奥山にたてらましかは渚こくふなきも今は紅葉しなまし

ふねこき出たらんをみてもみちの哥よむといふ事はおもひかけぬことなりや

春霞かすみていにし鴈金は今そ鳴なる秋霧の上に

初鴈をよまむにはるかすみとよまんことは思ひよるへきにもあらすこれらは人のしわさともみえす
おほかた哥のふしはともかくもいひからな《なからイ》めり花をおしみ月をめつる事いくそはくそ

身に替てあやなく花をおしむ哉いけらは後の春もこそあれ

まてといふに散てしとまる花ならはなにをさくらにおもひまさまし

かやうにのみよむとおもふにまたちれとよみたるもひか事とも聞えす

古今マヽ
名残なく散そめてたき桜花ありて世中はてしなけれは

同　惟高親王
桜花ちらはちらなん散すとて古郷人のきてもみなくに

はしめの哥は世のはかなき事をいはんとて花をすてたる也つきの哥はこぬ人のうらめしさをいはんとて花をすてたる
なめりはらのあしかりけるにや

イ花をあくとよめるうた
山桜あくまて色をみつる哉花ちるへくも風ふかぬよに

花をあくといはんはあしかりぬへき事なれとめてたきよには風たにふかすと云《いへるイ》事のあれはよをほめんかれうなれはけ

にときこえてそ
月なともまた花のことし
　足曳の山のはいてし《てイ》山のはに入まて月を詠つるかな
　あかなくにまたきも月のかくるゝか山の端にけて入レすもあらなん
かやうに山のはにけてなと「さへ」あるましきことをさへおもひよりておしむときくに
　大かたは月をもめてし是そこのつもれは人の老と成もの
かうもよみけれは《るイ》されとおひのつもりぬることをなけかんとて月をいとひたるにや月ものいふ物ならましかは月《かくイ》あや
またすとやいはまし
　照月をまさきのつなによりつけてあかすわするゝ人をとゝめん
これはこれたかのみこの月夜にあそひけるか月とともに入なんとしけれは業平中将のよめる哥也これは月をまさきの
つなしてゆひとめんとよめるにやさらは月のためにいとおしくかのみこもはらたちぬへき哥かなときこゆれとあかぬ
をとゝめんの心のふかけれはよき哥にもちゐ《ひイ》るなめり此ころはいかはかりそしらむとそきこゆる
　見るからにうとましきかな月影のいたらぬさとは《もイ》あらしと思は
これあまねくてらすらんといふことのまことなるかゆへにうとまし○《きイ》といふもめてたくこそきこゆれ

白雲にはねうちかはし飛鴈のかけさへみゆる秋の夜の月

月はあかくよむをめてたきことにすれはこの哥こそはよき哥なめれたゝし此哥をおろしたりとおほしき人は月まことにくまなくともそらをゆかんかりのかけにはうつるへからす猶数さへといふへきなりといへとつら〳〵この義を思に月まことにくまなけれとそらにゆくかりの数さへに見えすともにみえぬにては猶かけさへとこそよみけめかけといへはいますこしあかくみゆる也されは猶かけさへといふへきとそみ給ふる

照もせすくもりもはてぬ春の夜の朧月夜にしく物そなき

かうもよめるは花をちるめてたしなとよめる○心《イ》かうくひすの哥にも

あら玉の年立かへるあしたよりまたるゝ物は鶯《うくひす》のこゑ

かやうによむとおもふに

竹ちかくよとこねはせし鶯の鳴聲きけはあさいせられす

時鳥哥にも

行やらて山路くらしつ郭公今一聲のきかまほしさに

かやうによむとおもふに

夏山に鳴時鳥心あらは物思ふ我にこゑなきかせそ

かやうによむ心はへなめりこれは時鳥のにくきにはあらす物思ふおりにきけはいとなけきのまさるよしをよめる也
ことも の○《もイ》みなおなし事なれはつくしてもしるしまうさす
又哥にはにせ物といふもの《コト》あり
山の桜をは白雲によせちる花をは雪にたくへむめの花をはいもかころもによそへうのはなをはまかきかしまの波かと
うたかひもみちをはにしきにくらへ草むらの露をはつらとしはらぬ《おのつからとられぬイ》たまかとおほめき風にこほるゝをは袖のなみたに
なし汀の氷をはかゝみのおもてにたとへこひをはひとりのこにおもひよそへたかのこゐにかけいはひの心をは松と竹
とのすゑのよにくらへつるかめのよはひとあらそひなとするはよもやまのふる事なれは今めかしきさまによみなすへ
きやうもなけれといかゝはすへきと思ひなからいひ出せるにやまた哥のことはには　らし　かも　しも　へら也
○《まにく〵イ》　いまはたゝ《イマコンイ本ニ》　見わたせは　こゝちこそすれ　わひしかりけり　かなしかりけり「或本无」
つゝ　そも　これらはおほろけにてはよむましとふるき人々申けりとそうけたまはるこれ又よき《ふるイ》哥になきにあらす

わか恋はむなしき空にみちぬらしおもひやれとも行かたもなし
しものたて露のぬきこそうすからし山の錦のおれはかつちる
み山には霰降らしとやまなるまさきのかつら色付にけり

これらしとよめるあしきと聞えす

春霞色のちくさに見えつるはたなひく山の花のかけかも

岩そゝくたるひの上のさ蕨のもえ出る春に成にけるかも

天原ふりさけみれは春日なる三笠の山に出し月かも

これらにて心うるによくつゝけつれはとかともきこえすあしくつゝけつれは花桜といふも照月のといふも聞にくゝこそおほゆれへら也なといへることはゝけにむかしのことはなれはよのすゐにはきゝつかぬやうにきこゆいもなといふことははなとてかあしからんとはおもへとかくきゝそめたれはにやありつかぬやうにきこゆるはいと《もイ》かりゆけは冬の夜のといへる哥のめてたきかみゝうつしにてきこゆるにやとそ人もまうしゝ見わたせはといへる五文字も松の葉しろきとも柳桜をこきませてともよくつゝけつれはみわたせはとそこのみよむへきと聞ゆるこゝちこそすれと《もイ》又ふるとしのとつゝけひかけのそひてともいひなしつれははしめのことしつゝききゝにくゝ取なしつれはけにあやしとやまうすへからん又哥をよむにふるき哥によみにせたるとをとりたるは《をイ》いふかひなしまさゝまに《まさるさまにイ》よみなしつるはあしからすとそうけたまはる

家のさくらをみてよめる

貫之

わか宿の物なりなから桜花散をはえこそとゝめさりけり

同題を　　　　　　花山院御製

我やとの桜なれとも散時は心にえこそまかせさりけれ
紅葉せぬときはの山は吹風の音にや秋を聞わたるらん
もみちせぬときはの山にすむ《たつ》鹿はをのれ鳴てや秋をしるらん
忍れとあらはれにけり我恋は物や思ふとみる人そとふ
忍れと色に出けり我恋は物や思ふと人のとふ迄
鶯の谷より出る聲なくは春くる事をいかてしらまし
鶯の聲なかりせは雪消ぬ山里いかに春をしらまし
さゝれ石のうへもかくれぬ沢水のあさましくのみ見ゆる君哉
さほしかのつめたにひちぬ山河の浅ましきまてとはぬ君かな
君こんといひしよことに過ぬれはまたれぬものゝこひつゝそおる
たのめつゝこぬ夜あまたに成ぬれはまたしと思ふそまつにまされる
秋の田のかりそめふしもしてけるかいたつらいねをなにゝつままし
秋の田のかりそめふしもしつる哉これもやいねのかすにとるへき

思ひつゝぬれはやかもとぬはたまのひと夜もおちす夢にしみゆる

　思ひつゝぬれはや人のみえつらん夢としりせはさめさらましを

これらかやうによみまさんことのかたけれはかまへてよみあはせしとすへきなり

うたのかへしは本哥によみましたるはいひいたしをとりなはかくしていひいたすましきとそむかしの人まうしたる

かへしをとらぬ哥

　恋しさは同し心にあらすともこよひの月を君みさらめや

返し

　さやかにもみるへき月を我はたゝ涙にくもるおりそおほかる

人しれぬ泪に袖は朽にけり逢夜もあらはなにゝつゝまん

かへし

君はたゝ袖はかりをやくたすらんあふには身をもこふ《か》とこそきけ

君やこし我や行けんおほつかな夢かうつゝかねてかさめてか

かへし

かき《イサシ或本》くらす心のやみにまとひにき夢うつゝとはよひは《と》さためよ

この哥のかへしを〻ろ《おろイ》さかしき人はよひと〻はひか事也さはかりの忍ひことをはいかてよひと「〻」はしるへきそこよひさためんといへるこそいはれたれとまうすめりそれもろ〳〵のひかことにてさふらふなめりまつこの哥はいせものかたりのことくならはまたもえあはすしてあくる日はほかの国へまかりぬとかけりこよひ又あふへくはこそはみつからはさため〻《しイ》「夢の」やうにて又もえあはて心にもあらすわかれぬれはこそこのなからひはいますこしめてたけれ夜ことにあひて日ころにならはむけに念もなきこ〻ちすよひとさためよとよめるはまことに世の中の人あつまりてさためよといふにはあらすわれは又もあふましけれはすへきやうもなしとていかにもえしらぬよしにていひすて〻いぬるなりかくよひとさためよといへることそことの心も哥の心もえもいはぬことにてはあれこよひさためんといへる人は和哥の外道也き〻いるましき事か

かへしともおほえぬかへしある哥

　みすもあらすみもせぬ人の恋しさ《くきイ》はあやなくけふやなかめくらさん

かへし

　しるしらすなにかあやなくわきていはん思ひのみこそしるへなりけれ

「已下別也」

この哥のかへしをすへき心はみすもあらすみもせぬ人のといへれはいつか見えつるそらこと〻もみえなはさもおほえ

しともまことにさ思はゝうれしともそよむへきこのかへしの心はおまへはたれとかまうすすみかはいつこそのたまへ尋ねてまいらんとよみたらん哥のかへしと〇きこゆるされとまことにあしからんには古今にいらんやはかうおもふまことのひかことなめりされはかやうにかきたるを御らんしてあしとも又さもいはれたりともおほしめさんおほくの事也

哥の返しに鸚鵡かへしと申事ありかきたる物はみねと人のあまた申すこと也あふむかへしといへる心は本哥の心ことはをかへすして〇《おなしイ》ことはをいへる也えおもひよらさらんおりはさもいひつへし「已上別也」

「已下別也」

*ふるき哥の中にかならす哥のおもてによみわふへきもの《そイ》ゝ名をいはて心におもはせたる哥ある也

＊「或本云タ、イマミユルコトヲサヽヘテヨムニハナラスシモ哥ノオモテニヨミノセヌコトアリ」

うくひすを題にする哥に

素性

古今マ、木つたへはをのか羽風に散花をたれにおほせてこゝらなくらん

花のちるを題にする哥

とのもりのともの宮つこ心あらはこの春はかり朝きよめすな

黒主

吹風《古今マヽ》にあつらへつくる物ならは此一えたはよけといはまし

ふねを題にする哥

かのかたにはやこきよせて時鳥みちに《はやくイ》なきつと人にかたらん

帰鴈を題にする哥

春かけてかく帰るとも秋風に紅葉の山をこえさらめやは

紅葉をたいにする哥

から錦枝に一むらのこれるは秋のかたみをたゝぬ成けり

「已下別也」

*これらはよく哥おほえつきてよむへきことゝそ人まうしけるこの比の人のよみたらは初の鶯の哥は花のきにはかならすしも鶯やはゐるといはまし物を次の花の哥はこゝのへのうちにはかならす花のみやはちりつもりてともの宮つこあさきよめにすらん大裏にはちり山といへる山〇《ありイ》「右兵衛の陣におほきなる山あり」その山は大裏につもれるちりをとのもりのつかさのあさことにはきあつめてすてたる塵の久しくつもりてなれる山なりそれをみれは花のみやは九重にはつもるへきなを《とイ》「はなと」いは「さら」んは荒涼にそきこゆる次の哥はあらき風はえたをもふきおるものなり又紅

葉とも心えんにひか事にあらし次の哥ははやこきよせよといへるをふねのみやはこくへきうき木もありいかたといへる物もあれはたゝこくといはんはかりにてふねをいはんことかたし次の哥は春ものにゆきてかへるものは鴈のみやは有へき人も物へゆきて帰らんにもみちの山をこえんにかたかるへきかは次哥はえたに一むらか《のこィ》ゝらん事はもみちのみやはあるへきといひて難しつへしされとふるき哥にて三代集にをの〳〵いれりこれらをためしにてこの比の人もおつ〳〵よむ也猶さりともよく此みちにおほえあらん人のよむへき也いともそのかたにおほえなからんものはよむへからす「已上別也」

＊或本云コレラハヨク哥オホヘツキテヨムヘキナリコノコロノ人ノヨミタラハムメノエタニハカナラスシモウクヒスノミヤハヰルス、メモカラスモノカハトイヒコ、ノヘノウチニハハナノミヤハアルヘキチリナトモツモレハコソハヒヲヘテアサキヨメヲハスラメトモイヒツヘシホト、キスノ哥モフネトモナクモミチノ哥モエタニヒトムラトハカリヨミテコノハノユクヱモシラネハオホツカナケレトモカ、ル哥ノミオホカレハコレヲタメシニテヨノスヱニモトキ〳〵キコエコレラハ詩ノ心トソウケタマハル詩ハ題ノ文字ヲハスエ《へ》テコ、ロハヘヲシテ題ヲマハスモノナレハソレヲマネフナメリソレヲシラヌ人ハカタフキオモフナルヘシ云々

世に歌枕といひてところの名かきたるものありそれかなかにさも有ぬへき所のなをとりてよむつねの事也それはうちまかせたることにはあらすとそ申つたへたるされとよまれぬおりはさやうにかまへたるもあしくもきこえすつねに人

のよみならしたる所をよむへきなりその所にむかひてほかのところの名をよむは有ましきこと也たとへはさかのにゆきてその野はよみにくしとてみよしのともかすかのともあたこ山にむかひてたつたの山ともおとこ山ともかつら川にのそみてよし野川ともみたらし河ともいはんはひかこと也のをよむへきつゝきならは野へとものちとも秋ならは秋野とも春ならははる野とも折ふしにしたかひてよむへきなりつねにもみゝなれぬ所の名はことはのつゝきにひかれておもふ心ありとみえてよむへき也たとへはなきなとりたらんおりに哥よまんと思わ《は》は

なきなのみたかおの山といひたつる人はあたこのみねにやあるらん

なき名のみ立田の山のふもとにはよにも嵐の風も吹なん

なにしおはゝあたにそおもふたはれ嶋波のぬれ衣いくへきぬらん

これを心えてかやうによむへきなり

よろつの物のなにはみな異名＊ありこれらをおほえてよまれさらんおりはつゝきよきさまにつゝくへき也

＊カキタツヘシツネニイヒナラハセルナノツヽキアシキトキハソレヲオホエテモシツヽキニタカヒテクサリツヽクヘキナリイ本ニ

天　なかとみと云　　地　しまのねと云　　日　あかねさすと云

月　ひさかたと云　　塭《塩》海　おしてるやと云　　水海　にほてるやと云

嶋　まつねひこと云
海底　わたつみと云
野　いもきのやとゝ云
峯　さはつねと云
神　ちはやふると云
平城京　あをによしと云
人　ものゝふと云
夫　たまくらと云
男　いはなひこと云
顔　ますみいろのと云
思　わかし《くイ》なみと云
年　あらたまのと云
時　つるのまと云
夏　かけろふ○《のイ》と云

礒　ちりなみのと云
河　はやたつ《をイ》のと云
巌　よそねしまと云
谷　いはたなと云
潮　ころしまのと云
臣　かけなひくと云
父　たらちおと云
妻　わかくさのと云
女　はしけやと云
髪　むはたまと云
衣　しろ《イイ》たへのと云
月　しまほしのと云
旬　ころほひのと云
秋　さちきりのと云

波　ちる《りイ》そらと云
山　あしひきのと云
高峯　あまそ《ちイ》きのと云
瀧　しらいとのと云
大和　しきしまのと云
民　いちゝ《らゝイ》ゆきと云
母　たらちめと云
夫婦親族　か《かイ》ひのすきと云
海人《たくのイ》　なこしなふと云
心　か《タイ》くのあはと云
枕　しきたへのと云
日　いろかけにと云
春　かすみしくと云
冬　こ《タイ》るつゆのと云

朝　たまひまのと云　夕　すみそめのと云　夜　ぬはたまと云
夢　ぬるたまのと云　暁　たまくしけと云　京　たましきのと云
田舎《ヰナカ》　いなこきと云　道　たまほこと云　橋　つくしねと云
旅　くさまくらと云　別　むらとりと云　常　ときとなしと云
寳物　あやひこねと云　木　やまちきのと云　草　さゐたつまと云
竹　からはしのと云　花　しめしいろのと云　菓　しまひこのと云
浮物　うつたへにと云　風　しまなひくと云　雲　たにたつのと云
霧　ほのゆけると云　霞　〈しとたまひねと云／しまひねと云〉　雨　しつくしてと云
露　しけたまのと云　霜　さはひこすと云　雪《ユキ》　いろきえすと云
浅　いさゝなみと云　不忘物　うたかたのと云　古《フルキ》　かりほしのと云
新　いれしなひのと云　煙　ほのゆけると云

他書云

天　あまのはし《らイ》と云　地　あらかねと云　月　ますかゝみと云
内裏　〈こゝのへと云／もゝしきと云〉　東宮　はるのみやと云　中宮　あきのみやと云

皇帝　すへらきと云　男　せなと云　女〈わきもこと云／わかせこと云〉
朝庭　わかくさのと云　簾　玉たれのと云　夏　かけそひくと云
暁　しのゝめと云　風　しのゝおふきと云　君　さきたけのと云
下人　やまかつと云　海　わたつみのと云　海底　わたのはらと云
山河　たまみつのと云　庭水　にはたつみと云　舩《フネ》〈うたかたのと云／あまのもかると云〉
賤男　しつのおたまきと云　鶴　あしたつと云　書　たまつさと云
女神　ちはやふると云　筆　みつくきと云　空《ソラ》　ひさかたと云
兵衛　からは《しイ》きと云　近衛　みかさの山と云　壁生草　いつまてくさと云
郭公　してのたおさと云　鶯　もゝちとりと云　鹿　すかると云
猿　ましと云　鬼　こゝ《こくイ》めと云　蛙　かはつと云
蘭　ふちはかまと云　雉　きゝすと云
これらかきあつめたれとよみにくきものはよますさもありぬへきはみなよみためり
又春雨をはるさめと云夏雨をはときのあめと云十月雨をはしくれといふ秋もよめともうちまかせたることにあらぬにや

我やとのわさ田もいまた刈あけぬにまたき降ぬる初時雨哉

これそ秋のしくれに人のまうす哥のおもてにあきともみえすされはわさたといふはとくいてくるたをいへは猶あきの哥そといへと猶うかれたり古今にするはかはりてありいかなる事にかみそれといふは雪ましりてふるあめをいへは冬もしは春のはしめなとによむへきにやひちかさあめといふはにはかにふるあめをいふ笠もとりあへすにはかにふれはそてをかつくなり

いもかかと行すきかてにひち笠の雨もふらなむあまかくれせん

こしあめといふはいたうふる也ぬれとをりてはかまのこしなとのぬるゝほとなるをいふ

久かたのはにふのこやにこし雨ふりこしさへぬれぬに身そへわきもこ

はにふのこやといふはあやしきいえのいたしきなとなくてわつかにねところはかりにいたのまねかたをひろひしきたるをまうすとかや

又風の名はあまたありけなりおほかたの名はしまなひくといへ《ふはイ》りこちといへり東の風をいふあめ《ゆイ》の風といへ《ふ》りそれ○《もイ》東の風也あなしといふ風ありいぬゐの風とかやしなとの風と申てなかと○《みイ》はらへによむ風是なりひかたといふ風ありたつみの風なり○こゝろあひの風《ヒルハフカテヨルフクカセナリイ》といふ風ありさいはらにみえたり○しのゝおふふきと云風《ヲンナノス丶ミアフランナトニヨツヘテヨムヘシイ》あり是もさいはらにうたへるなり山おろしの風といふ風あり山のみねよりふもとさまへ吹おろすかせなりこからしといふ風有冬のはしめに

この葉をふきちらす風なりこれら○《カホカニカセノナトモオホカレトコトニ哥ニヨマサルヲハイ本》哥ともみなあれともさせることなけれはしるしまうさす

わかやとのわさ田かりあけてにえすとも君かつかひをかへしはやらし

にほ鳥のかつしかわせをにえすともそのかなしきをとにたてめやは

にゑすともといふは春立らんとする時によろつにものよき人のさはりなきをいくたりともかつをさためて○《家によひあつめてイ》たふるにしたかひて物をくはせてとしきといふ物をきらする也その木はほそなか《かイ》なる木のえたもなきをきりてするゑにちいさきかめに水をいれておとろといふものをくしてさきにゆひつけていえのしりへにたてゝそのとしの秋つくりたる田の刈へきほとになりぬる時にかのとしき切し人々をよひあつめてかとをさしておものにしていそきくふ也そのほとに来たる人にはいかにもあひことをたにせさる也たとへはとしころゐ中なとにあるおやなときていらんといふにもいらへをたにもせすさる日なりとも君かつかひとたにもきかはかならすいれんと心さしあるよしをよむ也後の哥のにほとりのといふ五もしははしめてといふことは也にゐなにといふおなしことにやかつしかわせをといふ「は」ことはゝいねにてあるをおものにせんとてこめになすかなゝりわせといふはとくいてきたるいねをいふなり

箸鷹の野守の鏡えてし哉思ひおもはすよそなからみん

むかし天智天皇と申けるみかと野にいてゝたかゝりせさせ給ひけるに御鷹そりてうせにけりむかしは野もりとて野にまもるものありけりそれをめして御たかそりうせにたりたしかにもとめてまいらせよとおほせられけれはたみは君に

おもてをむくる事なしうつふしにゐてつちをまほ《もイ》りて御たかはかのおかの松のほ《こイ》すゑにみなみにむきてしかはへりと申けれはおき《いそきイ》とらせたまひにけりそも〳〵なんち地にむかひてかうへを見ることなしいかにしてこすゑに居れるたかをしるそやととはせ給ひけれは野守のおきな民は公主におもてをましふることなししはのうへにたまれる水をかゝみとしてかしらの雪をもさとりおもてのしはもかそふるものなれはそのかゝみをまもりて御たかの木ゐをえたりと申けれはその後野中にたまれる水をのもりの鏡とはいふなりとそいひつたへたるに野守のかゝみとは徐君かかゝみなりそのかゝみは人のこゝろのうちをてらすかゝみにていみしき物なれは世こそりてほしかりけりこれさらにわれもちとけしとおもひて塚のしたにうつみてけりとそ匡房の帥まうされしいつれかまことならん

　忘草わかしたひもにかけたれとおにのしこくさことに有けり

　わすれ草かきもしみゝに植たれと鬼のしこ草なをおひにけり

おにのしこ草とはむかし人のおや子をふたりもちたりけりおやうせにける後こひかなしむ事年をふれとわするゝことなしむかしはうせたる人をはつかにおさめけれはこひしきたひにあにおとゝあひくしつゝかのつかに行むかひてなみたをなかしてわか身にあるうれへをもなけきをもいきたるおやなとにむかひていはんやうにいひつゝ帰りけりあにのおとこやう〳〵とし月つもりておほやけにつかへわたくしをかへりみるにたへかたきことゝもありておもひけるやうたゝにてはおもひなくさむへきやうなし萱草といふ草こそ人のおもひをわすらかすなれとて萱草をそのつかのほとり

にうへつそのゝちつねにきてれいのみはかへやまいるとてさそひけれとさはりかちになりてくせすのみなりにけり此おとゝの男いと心うしと思ひてひのひ《ころイ》とをこひまうすにこそかゝりて日をくらし夜をあかしつれわれはわすれまうさしとて紫苑といふくさこそ心におほゆることはわすれさなれとてしをんをつかのほとりにうへてみけれはいよ〳〵わするゝことなくて日をへてしあるきけるをみてつかのうちにゐありて我はそこのおやのかはねをまほる鬼也ねかはくはおそるゝ事なかれ君をまもらんとおもふといひけれはおそりなからきゝをりけれは君はおやに孝ある事とし月ををくれともかはることなしあにのぬしはおなしくこひかなしみてみえしかとおもひ忘草をうへてそのしるしをえたりそこは紫苑をうへて又そのしるしをえたり心さしねんころにしてあはれ〇《ふイ》ところすくなからす我鬼のかたちをえたれとも物をあはれむ心あり又日のうちの事をさとる見えん所あらは夢をもちてしるしつけんといひてゐやみぬそのゝち又の日あるへきことを夢にみる事日としてやむ事なしこれをきけはしをんはうれしきことあらん人はうへてみなけく事あらん人はうふへからさる草也されは志許草《シコ》とは心さしのもとのくさとはかくなり

あさもよひきのせき守かたつか弓ゆるす時なくまつゐめるかな《きみイ》

たつかゆみ〈てにとり／もちて〉あさかりに〈君《マロイ》はたちぬ《にイ》き／たなくらの野に〉

あさもよひきのかはゆすり行水のいつさやむさやいる《つイ》さやむさや

むかし男ありけりおんなをおもひてふかくこめて愛し侍けるほとに夢に此女のわれははるかなる所へゆきなむとすた

たしかたみをとゝめんとすわれかかはりにはあはれにすへきなりといひけるほとに夢さめぬおとろきてみるに女はなくてまくらかみにゆみたてりいとあさましと思ひてさりとてはいかゝはせんとおもひてそのゆみをちかくかたはらにたてゝあけくれなく〳〵手にとりのこひなとして身をはなつ事なし月日ふるほとにまたしろき鳥になりてとひ出てははるかにみなみのかたにくもにつきていくをたつね行てみれは紀伊國にいたりて人にまたなりにけりさて此哥はよみたりけるとそあさもよひとはつとめての物くふをいふ也いつさやむさやとはかりする野なりとそおくゆかしくけにときこえねともふるき物にかきたれはのそくへきにあらすとてかきつくはかりなり

時鳥はうくひすの子といふ事は万葉集にところ〳〵によめり哥ははしにかけりおほつかなき事にてありしを時助と申右舞人の故帥大納言のもとにまうてきてかたりしをこそまことなりけりとはかの大納言きゝあさみてふみはそらことせぬ物也けりと候《仰イ》しか時助か弟子なりける舞人の家のそのふに有けるたるはらにうくひすのすをくひてこをうみたりけるかやう〳〵ゐてたつほとになりてひとつの子のことのほかにおほきになりてすにもいらぬほとになりにけれはつねにほかの竹のえたにゐてさすかにはゝの鶯のむしをくゝめけれはおほくちをあきてくひけるをみて時助にかゝる事こそはへれと申けれはまかりてみけれはほとときすと二こゑはかりなきてまかりにけりと申しのこりの子ともはうくひすと鳴つゝをの〳〵まかりにけるとかや

花山院御製

露の命草のはにこそかゝれるを月の鼠のあはたゝしきかな

草の根に露の命のかゝれるを月のねすみのさはかしきかな

これは世のはかなき事のたとひに法文《へイ》にある事とそうけたまはるたとへは人ありてはるかなる野邊をゆくに虎にはかにきたりてその人をくはんとす人にけてはしるほとに野の中にふるき井のやうなる所にはしり入てなからはかりにある草をひかへてみれは井のそこにわにといふものゝ口をあきておち○ら《たイ》はくはんとおもひてまちゐたり目のおほきにしろきことかなまりのことしはのしろく長きことつるきのことしおのいり《ちイ》つるかみをみれはおひつるとら又くちをあきてのそく「その」たのみてひかへたるくさのねをしろきねつみくろき鼠ふたつしてかはる〳〵つみきるきれなはおりいり《ちイ》てそこなるわにゝくはれんとすおちいらさらんさきにかきあからんとおもへはうへのとらまちくはんとおもへりこれはすなはちこの世の中のたとへなり底にくちをあきておちいらはくはんとするわにはわかつゐのすみかの地獄也うへにをひ入つる虎はこの世にてつくる業障煩悩なりたちかはりつゝ草の根をつみたるふたつのねつみは月日の過《スキ》行なりしろきねつみは日なりくろき鼠は月なり月日のすきゆくさまなんかのねつみの草のねをつみきるやうにほともなきといふたとへ也これらをみて心あらん人は世のはかなき事はおもひしりぬへし

わたつみのとよはた雲に入日さしこよひの月よすみあかくこそ

夕されは雲のはたてに物そ思ふあまつ空なる人をこふとて

とよはた雲といふは雲のはたてといふ同し事也ひのいらんとする時西の山きはにあかくさま〳〵なる雲のみゆるかはたのあしの風にふかれてさはくに似たる也はたといふは常にみゆる佛の御まへにかくるはたにはあらすまことのにしき《ぎイ》にたて又たゝかひなとするにたつるはたなりその旗ににたる雲のたえまよりいりひのさして入ぬれは三日はかりは雨ふらすしてそらも心よくてる也されはこよひの月はすみぬらんとよむなり次の哥そのくものさためもなくさはきかはりゆくやうになんおほゆるとよめる也その雲のそらにあるものなれはうはの空なる人をこふるによそふるなりこれを又蛛といふむしの手はやつあれはそのくものすはのきにみゆるものゝてをくみたるやうにみゆれはそれによそへてよむ也ともいふなりこれもことの外のひか事にはなきにや重之かしにたるくものゝけさまにふしたるに風のふきけれはいきたるやうに手のはたらきけるをみてよめる哥

　　さゝかにの雲のはたてのうこく哉風こそくもの命成けれ

これをみれはむしの手をもくもて《くものはたてイ》といはむにとかなし

　　恋せしとなれるみかはのやつはしのくもてに物を思ふころ哉

　　もろともにゆかぬみかはの八はしは恋しとのみや思ひわたらん

これらをもあれにおもひよそへてくも手といふも蛛の手の八つあれはなとまうすなめりされと此やつはしを尋ぬれは川なとにわたしたるにはあらてあしをきのおいたるうきのみちのあしけれはたゝいたをさためたることもなくところ

〱に渡したるなれはやつはしとはいひそめたる也ものゝ数はかならすしも八つなけれといひよきにつきてやつはしとはいふにやくもてといふははしの下によはくてよろほひたふれもそするとてはしらをたよりにて木をすちかへてうちたるをいふなりそれははしにのみ打にはあらすたなとのよはくてたふるへきにもうつめれはくも手といふはさためもなしかのやつはしにはくもてうつへきはしともきこえねとはしといふにひかされてよめるなめり古き哥はさやうにのみこそはよむめれ此ころならはそのはしにくもてなしとやいはん又《「已下或本」》いたをさためもなくをきちらしたるさまのくもてににたれはよそへてよめるにや「已上」

にしき木はちつかに成ぬ今こそは人にしられぬねやのうちみめ

あらてくむかとにたてたる錦木はとらすはとらすたれ《わ》か《や》くるしき

錦木と申事はみちのくにの《と申くにゝイ》おくと「まうす」国《ところイ》におとこをんなよはゝむと思ふ時にふみをはやし《らイ》てたきゝをこりて日ことにひとつか《束》その女の家のかとにたてけるをみて逢んとおもふおとこのたつるをはほともなくとりいれつれはそのゝちはきをはたてゝひとへにいひよりしたしくなりぬあはしとおもふおとこのたつるはいかにもとり入ねはちつかをかきりにして三年たつる也それになをとりいれねはおもひたえてのきぬこの木をにしき木といふ事は狛桙のさほのやうにまたらに色とりてたつれはいふなりとそしりたりとおほしき人まうせとまことにはさもせぬとかやにしきゝといふことにつきて云にや

あらてくむと云色もしは山かつのいやしきやとはいゑのめくりにかきをしてみつくみにしたるわらのくみをもちてそのかきをしめたるをいふなり

　錦木はたてなからこそ朽にけれけふの細布むねあはすして

　みちのくのけふの細布ほとせはみ胸あひかたき恋もするかな

此けふのほそ布といふ事はこれもみちのくにのおくに鳥の毛《け》しておりけるぬの也はたはりもせはくひろもみしかけれはうへにきる事はなくて小袖なとのやうにしたにきたる也されはせなかはかりかくしてむねまてはかゝらぬよしをよむ也

　岩代のはま松かえを引むすひまさらて《しくイ》あらは又かへりこん

これは孝徳天皇と申たるみかとのくらゐをさりたまはんとし給ひける時ありまの皇子と申わうしにくらゐをゆつりたまふへきをえた「り」もつましきけしきをみてゆつりたまはさりけれはうらみ申給ひて野山にゆきまとひ給ひていはしろと云所にいたりて松のえたをむすひてよみ給哥也

　家にあれはけにもるいひを草枕たひにしあれは草のはにもる

是もそのほとによめるとそかけるむすひ松の心はたむくといふおなしこと也松をむすひてこれかとけさらんさきにかへりこんとちかひてむすふなりさてまさしくあらはとはよめるなり

　しら浪のはま松の葉《かえイ》の手向草いくよまてにかとしのへぬらん

松をむすひてとしにしたかひて花をももみちをも祈りてたむくる也手向くさとはこれらをいふなりありまの皇子かくのことくまとひありき給ふよしをきゝてよの人あはれかりけり

大寶元年に文武天皇と申すみかと紀伊國におはしましてあそはせたまひける御ともに人丸さふらひてかの皇子のむすひたまひたりける松をみてよめるうた

　後みんと人のむすへる岩代のこまつかうれをまたみけんかも

おなしたひ吉《ヨシ》丸かよめる

　岩代の岸のこ松をむすひたる人はかへりて又みけんかも

此ころの人はいはしろといふ所のあるとはしらてうせたる人のあるつか也むすひ松といふはしるしにうゑたる木也されはいはひのところにてはよむましきよしをいふはひか事にや

後冷泉院《コノ通ニ可書》の御時に永承四年十一月九日哥合によめる

　　左　　　　　　能因法師

　春日山岩根の松は君かためちとせのみかは万代やへん

　　右　　　　　　すけなかの弁《資仲歟》

岩代の尾上の風に年ふれと松の緑はかはらさりけり

これを大二條殿と申しゝ関白殿の其座にさふらはせ給ていまた判者のさためまうさぬさきにかすかとよまれたらん哥はいかゝまけんさたにもをよふましと申させ給ひたりけれはさることにて又沙汰することもなくてかちにけり藤氏の長者にてまうさせ給ひけれはめてたき事にてやみにけり右ノ哥はいはしろの松よまれたれとその座にはさたする人もなくてやみにけり後に人のかたりけれはようもしらぬことをいふなりとそ作者申されけるその人の子の顕實の宰相申されしいはしろの松はうせたる人のつかの木にはあらすとも有馬《間》の皇子のよからぬ事によりてまとひありきたまへりけることのおこりをおもへは哥合によまてもありぬへしとそうけたまはりし

いな莚川そひやなき水ゆけはなひきおき臥そのねはうせす

いなむしろとは稲のほのいてとゝのほりて田になみよりたるなんこゝろ《むしイ》をしきならへたるにゝたるといふなり又河つらにおひたる柳のえたの水にひたりてなかるゝかまたいなむしろにゝたる也その柳のもとははたらかて枝の水になかれて波よるなんわかく《わがかくイ》あやしくなりてまとひあるくに似たるとむかしみかとのすゑなりける人のあやしきわらはになりてつりするものにてその柳のもとにゐてつりすとてこの哥をひとりことにうたひけるとそいひつたへたる

或本云　後拾遺　顕綱云々

おほつかなちくまのかみのためならはいつくかなへの数はいるへき

近江なるちくまの祭とくせなんつれなき人のなへの数みん

これはあふみのくにゝちくまの明神と申ておはします神のおほんちかひにて女のおとこしたる数にしたかひてつちしてつくりたるなへと申すものをそのかみのまつりの日たてまつる也「君の」男あまたしたる人はみくるしかりてすこしをたてまつりなとしつれはものゝあしくてやまひなとしてあしけれはつゐにかすのことくたてまつりて祈なとしてことなをりける

いかにせんうさかの森にみえすとも君かしもとのかすならぬ身を

是は越中國にうさかの明神とまうす神のまつりのひ榊のしもとして女のおとこしたるかすにしたかひてうつなり女そのおりになりてねきに「しりを」まかせてふせりねきしもとをもちて数をとふ「かすのことし」はしめのなへのことし《くイ》おほかるははちかましさにすこしをいへはたちまちにはなち《血》あへなとしてまさかさまにはちかましき事のある也但ふるき哥のみえねは俊頼か哥をしはしかきて候也

東路の道のおくなるひたち帯のかことはかりもあはんとそ思ふ

これは常陸国に鹿嶋の明神と申す神のまつりの日女のけさう人の名ともをぬのゝおひにかきあつめてその人のかすにしたかひて神のおまへにをくなりそれかおほかる中にすへきおとこの名かきたるおひのをのつからかへる也それをねきかとりてえさするを女みてさもとおもふ男のおひなるはやかてそのおまへにてするなりおひさしつるのちはおもひ

かへしてせしとおもへと男心かゝりてした「か」くなりぬたとへはうらなふ事のやうにするにや

　たゝにあひてみせはのみこそたまきはる命にむかふ我恋やまめ

　かくしつゝあらくせよみにたまきはるみしかき命長く成ぬる

これはたまきはまりぬといふなり人のとしおひきはまりていまいくはくもあらしと云事也

　たまきはるうちのおほのにこまと《な》めてあさふますらんそのくさふけの

　ます鏡みつといはめやたまきはるいはかきふちのかくれたるまつ

このたまきはるはしめのにはかはりたりたまきといふことはよろつの物をほめんとおもふおりにはなにゝも玉といふことはをそへてよむ也されはこれもたまきはるとは春をほめんとてたまのはるといへる也次の哥もいはかきふちをほめむとてたまきはるといひをける也これをあしわき《ちはひイ》てもしらぬ人はいのちをよむなめりとおもへとさもつかぬ哥もありとておほつかなき事にいひて尋ぬるとそ見たまふる

　三吉野のたのむの鴈もひたふるに君か方にそよるとなくなる

かへし

　わか方によると鳴なるみよしのゝたのむの鴈をいつか忘れん

これは伊勢物語の哥也むかしむさしの国に男まとひいにけりその国にはへりける女をよはひけりちゝはこと人にと思

ひけるをはゝなんあてなる人にとおもひけるちゝはたゝ人にて母なん藤原なりけるさてあてなる人にとおもふなりけりすむ所むさしのくにゝいるまのこほりみよし野の里也

雲ゐにもこゑ聞かたき物ならはたのむの鴈もちかく成《ユキイ本》なん

かへし

ことつてのなからましかはめつらしきたのむの鴈に知れさらまし

このたのむのかりといふ事はよの人おほつかなかる事也このころさやうの事知たりとおほしき人のまうすはひんかし国に「しゝ」かりする人のたのもしかりとてかたみに寄あひてかりをしてその日のしゝをとりたるかきりむねとをこなひたる人にとらするなりさて又の日はかたみことにてたかひにする也それをたのもしかりとはいふとそ申すめるされと此こゝろこの哥ともにかなはすあの伊勢物語の哥は母このあて人にあはせんとおもひ父はこと人にむことらんとしけるをきゝてむすめのすゝみておこせたりける哥也なくなとよみたるはかりかねとこそ聞えたれしゝかりはなくへきことにあらすかへしにもわか方によるとなくをいつかわすれんとよろこひたれは本哥におなし心也次の哥は大蔵史生豊景といひけるものゝおほゐのみかとの邊にすみける人にかよひけりさやうにかよふ所おほかるなかにこの女のいゐのまへを音つれもせて通りたれは女いかゝいひたりけんかくよめるなりこれも猶かりかねをよめるとこそ聞えたれしゝかりとはおほえす

さかこえてあつのたのむにゐるたつのともしき君はあすきへもかも

万葉集にかくよめりこれかりの哥ならねとも心得あはするに猶かりかねとそきこゆるは《本ノマ、》たる《たイ》し〻かりと心うへき哥みえすたのむの鴈の哥あまたある《れとイ》にみなくもゐにはなかせてまちかくなきたるよしをよめりたのむといふは猶田のおもてといへる事なめりたのむとよみてくもゐになくとよみたらはそひかことなるへき

忘るなよたふさにつけしむしの色のあせなは人にいかにこたへん

かへし

あせぬとも我ぬりかへん唐土のいもりもまもる限こそあれ

ぬくくつの重ることのかさなれはいもりのしるし今はあらしな

ゐもりといふ虫はふるき井なとにとかけに似て尾なかきむしの手足つきたる也これはもろこしにする事なめりこ〻にはむしはあれともするやうをしらねはつくる事なしとをき所なとへまかる時にかいなにつけつれはあらひのこひすれともおつる事なした〻男のあたりによるおり落る也ぬく沓のかさなることのかさなれはとよめるは女のみそかおとこするおりにはきたるくつのぬくおりにをのつからかさなりてぬきをかる〻なりさてかくよめる也

わきも子かひたいの髪やし〻《らイ》くらんあやしく袖に墨のつくらん

人をこふる女のひたいのかみのし〻《らイ》くといふことのあるなり人のかみはぬれたるをなてつくろふにこそか〻りたれ涙

にぬれぬるひたひかみをこひするほとによろつをわすれてうつふしたれはひたいかみのしゝくらん《らイ》ことはりなりくつのかさならんことこそかならすしもやとおもへとさるおりにはかさな「る」なれはふみにそらことなきためなり

いとせめて恋しき時はうは玉のよるの衣をかへしてそきる

こひする時はよるきるきぬをかへしてぬれはその人のかならすみゆる也万葉集には袖はかりをうちかへすとよめり

いもか門出入河の瀬を早みこまそつまつくいゑこふらしも

人にこひらるゝ人の乗たる馬はつまつくといへることのあるなり

まゆねかき〈はなひ／ひもとき〉まつらんや〈いつしか見んと／おもふわきも子〉

まれにこん人をみんとそひたりてのゆみとるかたのまゆねかきつる

まゆねかくといふ事はめつらしき人を見んとてはまゆのかゆきなりそれにとりてひたりのまゆは今すこしかなふとかやはなひる事もひもとくるおなし心也

或本云はなひる事は人にうへいはるゝ時ひるとそいへるうたにはめつらしき人みんとするときはなひるとそかける云々

今こんといひしはかりを命にてまつにけぬへしさくさめのはし

かへし

数ならぬ身のみ物うくおもほえてまたるゝまても成にける哉

これは後撰の哥也人のむこのひさしくみえさりけれはしうとめなりける女のむこのかりつかはしける哥也さくさめのとしといふことしりたる人すくなし行成大納言のかきたりける後撰にはてのとしといふもしを刀自とかゝれたりけるにあはせて匡房中納言のまゝしゝ《うイ》はさくさめとはしうとめといふこと也されはあの哥のはてのとしといへることはとしにはあらて刀自也そのしうとめか刀自にて有けるなめりとそ聞ゆる

かそいろはいかにあはれと思ふらんみとせに成ぬあしたゝすして

この哥はあさつなの卿の哥也いさなみのみことはひることいふ子をうみたまへるなりかたちは人に似たれともふくさのきぬなとのやうにて足もたゝすおきもあからさりけれはさほなとにうちかけてをきたりけれはあしともいはて年月ををくりけり三年まてそ有ける朝綱おほやけのかしこまりにて三年ありけれはわか身なん彼ひるこのやうにていふかひなくて三年になりぬるとかれによせてよめるなりかそいろとは父母といふ事也いさなみのみことは神名也

しなかとりゐなのをゆけはありま山夕霧立ぬともはなくして

しなかとりゐなやまとよみ行水の波のみよせしかくれつまかも

ゐなのとは津の国にある所也ゐなのといはんとてしなかとりとつゝくる事を人の尋ぬる事にてたしかなる事きこえす昔雄略天皇その野にてかりしたまひけるにしろきかのしゝのかきりありてゐのしゝのなかりけれはいひそめたる也し

なかとりといふはしろきかのしゝのかきりとられたれはい○ひ《ひぃイ》なのとはゐのしゝなかりけれはいふなりとそ申つたへたるゐ《るイ》ひにかりきぬのしりのなかりけれはつちにかりきぬのしりをつけしとてこれはしなかとりとまうすとそ人申めりそれはみくるしいつれの山《所イ》にかは人のぬ《ゐイ》るにかりきぬのしりのつちにさはらぬはあらんとする

　山鳥のおろの初尾に鏡かけとなふるにこそなきよけりけめ

此哥のかゝみの事たしかにみえたる事なしむかしとなりの国より山鳥をたてまつりて鳴こゑたへにしてきくものうれへをわするといへりみかとこれをみてよろこひてかひ給ふにまたく鳴事なし女御のあまたおはするに此山とりなかせたらん女御を后にはたてんと宣旨を下されたりけれは思ひはかりおはしける女御のともをはなれてひとりあれはなかぬなめりとてあきらかなるかゝみをこのつらにたてたりけれは鏡をみてよろこひたるけしきにて鳴ことをえたり尾をひろけてかゝみのおもてにあてゝよろこひて鳴聲しけし是をなかせたる女御后にたちてかたはらの女御ねたみそねみけりとふみにありといへりこれか心をとりてよめるとそ

　足曳の山鳥の尾のしたりおのなか〳〵し夜を独かもねん

此哥は山鳥の尾をしもなそ長きためしにはよめるにかと思て尋ぬれは山鳥と云とりのめおとこあれともよるになれは山の尾をへたてゝひと所にはふさぬものなれはよのなかくたへかたく思ふらんとおしはかりてことはさらんものをこそは尋てよするかゆへにかれ《れイ》か尾も鳥のほとよりは長けれはよめる也かくよるになれはわかるゝいもせなれは人の家

にはおをたにもとりいれぬなり

　時鳥鳴つる夏の山邊にはくつゝいたさぬひとや渡らん

これは寛平御時のきさいの宮の哥合の哥也郭公「と云鳥はまことにはもすといふ鳥也そのもすを」《ともすとはさきの世にてはあひしれるともならしとぞそのイ》ほとゝきす「といふ也」昔くつぬひにて有ける時くつのれうをとらせさりけれはいま四五月はかりにならはたてまつらんといひてうせにけりそのゝちいかにも見えさりけれははかるなりけりと心えてくつ《れうイ》をこそえさせさらめとらせしくつ「て」をたにもかへしとらんとおもひてとらせんとちきりし四五月にきてほとゝきす「こそ」とはよひありくなれ《りイ》もす「まろ」はそのころもよにはあれともあきつかたするやうに木の末にゐてこゐた「か」にもなかてをともせすかきねをつたひありきてとき〳〵のひやかにこと〳〵しうとはかりをつふやきなくなり此事ひかことならはむかしの哥合にあらんやはとそいひつたへたる

　岩橋のよるの契もたえぬへし明る侘しきかつらきの神

この哥はかつらきの山とよしのゝ山とのはさまのはるかなるほとをめくれはことのわつらひあれは役行者といひける修行者「といひける修行者の」この山の峯より彼山の嶺にはしをわたしたらはわつらひもなく人はかよひなんとてそのところにおはする一言主と申す神に申けるやう神の神通はほとけにをとることなし凡夫のえ《ようイ》しせぬ事をするをかみのちかひとせりねかはくはこの山のいたゝきよりかのむかひの山のいたゝきまてはしを渡し給へこの願をうけたま

は丶法施を奉らんと申けれはそらに聲ありてわれこのことをたへんにしたかひて渡すへし但わかかたちみにくゝて見る人おそりをなさんか夜な〳〵わたさんとの給へりねかはくはすみやかにわたしたまへとて心経をよみて祈申に其夜のうちにすこし渡しそめてひるはわたさすねかはくは猶ひるわたし給へと申にひる「わる」わたす事猶あたはしとのたまへは役行者はらたちてしからは護法この神をしはり給へと申す護法たちまちにかつらをもちて神をしはりてさりぬそのかみはおほきなるいはにて見え給ふなれはかつらまつはれてかけふくろなとに物を入たるやうにひまはさまもなくまつはれていまにおはす也

　さはへなすあらふる神もをしなへてけふはなこしのはらへなりけり

この哥は拾遺「抄」の哥也さはへなすといふはあやしき神のはへのことくにあつまりて人のためにたゝりをなすこれをはらひ《へ》なこめてなむよはよかるへきといひてみな月のつこもりの日はらへなこむる也このことのおこり日本紀にみえたりあまてる御神のすへみまこを葦《アシ》原のなかつくにの君とせん○《とイ》する時にその国にさはへなすあしきかみたちあり又くさも木もみなものいふたかむすひのみことやをよろつの神たちをつとへたまひてたれかかのなかつくにのあしきものを○《はらひにイ》つかはすへきみないはくあまほひのみことはこれかみのいさをしなりとさためてつかはしてたいらけとゝのへりといへり

天保九年戌正月元日以一本校合了　岩崎美隆　方則

《坤巻》

俊秘抄　下

ふる雪にみのしろ衣うちきつゝはるきにけりとおとろかれぬる

山さとのくさはに露もしけからんみのしろ衣ぬはすともきよ

これはとしゆきかむつきのついたちにきさいのみやにまいりたりけるに雪のふりけれはおほうちきをたまはりてよめる哥なりみのしろ衣とはゆきのふりかゝるにうへにかひ〳〵しくうちきたるなむみのしろ衣とおほゆるとよめるなりはるきにけりといふははるのはしめなれはことさらにとておほうちきをたまはりたるかめつらしさにはるきにけりとはよめるなり

つきの哥ははしめの歌をためしにしてたひのみちにはつゆけからむみのしろにきよとてぬはすともとよめるなり

せなかためみのしろ衣うつときそ空行かりのねもまかひける

これもおなし心なり

つくはねのにゐくはまゆのきぬはあれと君のみけしにあやにきまおし

あらたまのてたまもゆらにをるはたを君かみけしにぬはてきむかも

これ「は」ふたつは万葉集の哥なりつくはねといへるは木のおひたるところをいへるなりにゐくはまゆといへるはくはの木のわかきなるはをはしめてこきくはせかいごのまゆ「か」してをりたるきぬといへるなりみけしといへるはおもひかけたる人の身にちかくふれたるきぬならねはとかし《よしイ》なしきみか身にふれたるきぬなんあやにて《てイ》にきまほしといへるなり次《ツギ》の哥もおなし心なり

くれはとりあやにわ《こイ》ひしくありしかはふたむら山はこえすなりにき

かへし

から衣たつをおしみし心《こそイ》うちふたむら山のせきと成ける《めイ》

この哥はおほやけのつかひにてあつまのかたへまかりけるにあらためたる事ありてめしかへされてみやこへまうてきたりけるをめきゝてよろこひなから人をこせてはへりけれはみちにてひとの心さしをこせてはへりけるくれはとりのあやをふたむらつゝみてをこすとてよめる哥なりくれはとりといへるはそのあやのなをいはむとてふたむら山とはよめる也

かをさしてむまといひける人もあれはかもをもをしとおもふなるへし

かへし

なしといへはをしむかもとやおもふらんしかやむまとそいふへかりける

〽この哥のことはゝ拾遺のかくし題のところにほの〳〵申たりこの哥の心は秦のよにせい《二世イ》ときこゆるみかとをはしけりそのみかとのちゝの王にもにすをろかにおはしける《りイ》ときの大臣にてうかう《趙葛》といふ臣ありその大臣みかとのをろかにおはするけしきを見てくにをうははんの心あるなり御《さイ》はおもひなから人の心もしらすおほつかなさにたれかゝたにかよりたるところみむとてかのしゝをていわうの御前にゐてまいりてかゝる馬なんゆ《候イ》けると奏し申けりみかとあやしみてこれはしかなりまたくむまにあらすてうかうまうさくまさしく馬也あまたの人にとはしめ給へしみなまうさくまさしく馬也とまうす人〳〵はわかゝたによるなりけりとて王位をうはひたてまつりけるとそいへる

秋風に初かりかねそきこゆなるたかたまつさをかけてきつらむ

〽この哥は漢の武帝とまうしけるみかとの御ときにこせい《胡城》といへるところに蘇武といへる人をつかはしたりけるかえかへらてとしころありけるを衛律《ゑいりつ》《カイリツ》といひける人の又ゆきて蘇武はありやととひけれはあるをかくしてその人はうせてとしひさしくなりぬといひけれはそら事をかくしていふそと心えて蘇武しなさ《すこイ》なりこの秋かりのあしにふみをかきてたてまつれりそのふみをみかとこらむして蘇武いまにあ○《りイ》とはしろしめしたり「とはかりことをなしていひけれはしかさるにてはやくなしとおもひてまことにはありといひてあはせたりけるとて」これによそへてかのかりの哥はよめるなり

天の河うきゝにのれるわれなれやありしにもあらすよはなりにけり

これはむかし「の」うねへ《め》なりける物をみかとたくひなくおほしけりれいならぬ事ありてきと《さイ》にいてたりけるほとにわすれさせたまひにけり心ちよろしくなりていつしかまいりたりけりむかしにもにすみえけれはうらめしとおもひてまかりいてゝたてまつりける哥なり本文あり漢の武帝の時に張騫《ケン》といふ人をめしてあまのかはのみなかみたつねてまいれとてつかはしけれはうきゝにのりてかはのみなかみにたつねゆきけれはみもしらぬところにゆきてみれはつねにみる人にはあらぬさましたか《るイ》ものはたあまたたてゝぬのをゝりけり又しらぬをきなのありてうしをひかへてたてりこれはあまのかはといふところなりこの人〳〵はたなはたひこほしといへる人〳〵なりさてわれはいかなる人とそとく《とイ》ひけれは張騫といへる人なり宣旨ありてかはのみなかみたつねてきたるなりとこたふれはこれこそは河のみなかみといひていまはかへりねといひけれはかへりにけりさてまいりたりけれはいかにそかはかみはたつねえたりやとゝはせたまひけれはたつねてはへりあまのかはのほとりにまかりたりつれはたなはたひこほしなと牛をひかへてたなはたははたをゝりてこれなむかはのみなもとゝ申つれはそれよりかへりまいりたるとそ申けるところのさまのありしにもあらすかはりたりけれはそのよしをきゝてかくよめるなり「この」この哥をみかとこらむしてあはれとやおほしめしけむもとのやうにかたときもたちさらすおほしめしけりそのちいくはくもへすしてうせたまひにけりつかのうちにおさめたてまつりけるをりにこのうねへいきなからこもりにけりそのつかはいけこめのみさゝきとてやくしてらのにしにいくはくものかてありまことにや張けんかへりまいらさりけるさきに天文とものまいりて七月の七日けふあまのかは

のほとりにしらぬほしいてきたりとそうしければあやしみおほしけるにこの事をきこしめしてこそまことにたつねゆきたりけりとおほしめしけれ

　ちのなみたおちてそたきつ白河は君か代までのなにこそありけれ

ちのなみたといふ事はをと《こイ》りある事なりもろこしに卞和《ヘンクハ》といへるたまつくりのありけるかたまをつくりてみかとにたてまつりたりけるをみかとことたまつくりをめして見せさせ給ければひかりもなく不用の物なりと申ければいかてかゝる不用のものをはたてまつりけるそとて左の手をきらせ給けりさて又よかはりてあたらしくたゝせたまへる宇王に又たまをたてまつりけるをはしめのやうにたまつくりをめしてとはせ給ければこれ又不用の玉也と申ければ又右の手をきられにけりなきかなしむ事かきりなしなみたつきてちのなみたをなかしてよるひるなきけり又よのなかゝはりてあたらしきみかとおはしましたるになをこりすまにたまをつくりてたてまつりければみかとたまつくりをめしてやうあらむとてみかゝせさせ給ければえもいはすひかりをはなちてゝらさぬところなかりけり御《さ》てこ《ニイ》代といへるたひまてちのなみたをなかしてなきけるか三代といふたひ蒙賞《セウカウふりて》《めくみをかうふりてイ》そよろこひける宇王《帝イ》のをろかにおはしますためしに申事也みかとの御前にて荒涼してはよむましき事とそうけたまはりしかと承暦の哥合にもこひのうたに候《よイ》めりしはいかなる事にか

　初春のはつねのけふのたまはゝきてにとるからにゆらくたまのを

たまはゝきかりこかまきのむろのきとなつめかもとゝかきはかむため

たまはゝきといへるは著と申きにねの日こまつをひきくしてはゝきにつくりてゐなかうとのいゑにむつきのはつねのひかひこかにや《ふイ》をはこやとそ申すなるそのやをねむまのとしむまれたるをんなのこかひするものよきをかひめとつけてそれしてはきそめさせていはひのことはにいへる哥なりとそいひくた《つイ》へたるされとつきのうたにむろのきとなつめかもとゝかきはかむためとよめるはたゝにはゝく《くイ》はゝきなとをもいふにやあらむよろつのものに又《たまとイ》いふことはをはそへてよめはゝきなりともかれをほめむひはなとかたまといへることはそへさらむたゝしはゝきのうくは《たイ》むかし京こくの宮すところと申人は時平の大臣のむすめなり延喜帝王の女御にたてまつりたまはむとせられけるに日ころよく〳〵いとなみてすてにそのよになりてたしかく《くイ》るまなとよせて女房なとのるほとになりてにはかに寛平法皇御かうありて御くるまよせけれはかの大臣おもひかけぬさましてさはかれけれはたてにきたるなりとおほせられてをしていらせ給にけりをとゝすへきやうもおほえたまはさりけれはたゝあふきてをはしけるほとに内より蔵人御使にてまいりてよいたくふけぬいかなることそとたつねさせ給けれはをとゝよろこひなからこのよしをゝつ〳〵申されけれはしはし御返事もなくてとはかりありてしきりにをとしはふき申されけるはこれ《れイ》はをいほゝしたまはりぬとおほせられけれはいとあへなくあさましきことにてたしくるまにのりたる女房たちみなおりにけりいかによの人さたしけむとこそをしはからるれ蔵人かへりまいりてこのよしをそうしけれはものもおほせられさりけりみやすところのむかし「は」三

井寺のかたはらに志賀とてことのほかにけむしたまふところありけるにまいりたまひけるにかの寺ちかくなりてところのさまこのましくおほえ給けれは御車のものみをひろらかにあけて水うみのかたなとみまはさせ給けるにいとちかくきしのうへにあさましけなるくさのいほりのありけるかことのほかにをいおとろへたるをいほうしのしろきまゆのしたよりめをみあはせ給へりけれはいとむつかしきものにもみえぬるかなとおほしてひきいらせ給にけりさてかへり給て又の日をいほうしのこしふたへにかゝまりたるかつゑにすかりてまいりて中門のほとりにたゝすみてきのふしかにて見参し給《侍イ》し老法師こそまいりたれと申させ給へといひけれはしはしきゝいるゝ人もなかりけれとひねもすにゐくらしてあまりいひけれはかゝることなむ申ものゝはへると申けれはしかさることあらむとおほせられてみなみおもてのひ《ひさしイ》○《かイ》くしのまにめしよせていかなること「ゝ」そとゝはせ給けれはしはしはかりためらひてし賀にこの七十年はへりてひとへに後世菩提のことといとなみはへりつるにはからさるほかに見参をしていかにもたのおもひなくいまひとたひけさんをせんの心のはへりて念佛もせられすほとけにもむかはれさりつれはとしころのをこなひのいたつらになりなんことのかかなしさにもしたすけもやせさせおはしますとてつゐにすかりてなく〳〵まいりてはへるなりと申けれはいとやすきことなりとのたまひてみすをすこしまきあけてみえさせ給けれはおもてのしはかすもしらすまゆのしろき《さイ》ゆきなとよりもまさりてをいかはり《かまりイ》て人ともおほえすまことにをそろしけなるさましてまもりいれてとはかりありてその御てをしはしたまはらむと申けれはまうすにしたかひて御てをさしいたさせ給たりけれはわかひたいにあてゝ

よろつもおほえすなきてかのてにとるからにといへる哥をよみかけ申てすこしゐのくやうにてこのよにむまれ候てのち九十年にをよひはへりぬるにまたかはかりのよろこひはへらすこのつとめをもてもしおもひのまゝに弥陀の浄土にむまれなはかならすみちひきたてまつらむ浄土にむまれさせ給はゝみちひき給へと申てなきけれは御返

よしさらはまことの道にしるへして我も《を》いさなへゆらくたまのを

とそおほせられけるこれをきゝてよろこひなからかへりにけりと能因法師帥大納言にかたり申けるにこの哥は萬葉集第廿巻にあれはことのほかのそらことにてそひとへにものかたりにいへはことのほかのひかことゝおもふへきに万葉集廿の巻にある本ありなき本ありこの本「はこ」の哥のみにあらすいまうたの五十余首なけれはきはめておほつかなきなりよくたつぬへしそのうたにゆらくたまのをとよめるゆらく○《とはイ》しはらくといふことゝはなりたまのをとはいのちをいへることはなりされはこの御てをとりたるによりてしはしのいのちなんのひぬるとよむなりさせることなけれともかやうのことゝもしろしめしたらむにあしかるましきことなれはしるし申せるなり

かそ色は哀とみえむつはめすらふた「た」りのひとにちきらぬものを

むかしおとこありけりむすめにおとこをあはせたりけるにおとこうせにけれは又ことひとにむことらむとしけるをむすめのきゝてはゝにいひけるおとこにかつしてあるへきすくせあらましかはありつるをとこそあらましかさるほうのなけれはこそしぬらめたとひし《しゝイ》たりとも身の宿世なれは又もこそしぬれさることおほしかくなといひけれははゝ

きゝておほきにをとろきてちゝにかたりけれはちゝこれをきゝてわれしなむことちかきにありさらむのちにはいかにしてよにはあらむとてさる事はおもひよるそ《そイ》といひてなをあはせむとしけれはむすめおやに申けるやうはさらはこのいゑにすくひてこそ《うイ》みたるつはくらめをころしてめつはくらめにしるしも《をイ》してはなちたまへさらむに又のとしおとこつはくらめをくしてきたらむをりにそれを見ておほしたつへきといひけれははけにさもといひていゑにこうみたるつはくらめをとりておとこつはくらめをはころしてめつはくらめにはくひにあかきいとをつけてはなちつゝはくらめかへりてひとりくひのいとつきてまて《たイ》きたりけれはそれをみておやともおとこあはせむの心もなくてやみにけりむかしのをむなの心はいまやうにはにさりけるにやつはくらめをとこふたりせすといへるふみの文なり

　からすてふおほをそとりの心もてうつしひとゝはなになのるらむ

此哥伊勢國の郡司なりけるものゝ處にからすのすをくひてこをうみてあたゝめけるほとにおとこからすひとにうちころされにけりめからすこをあたゝめてまちゐたりけるにまことにひさしくみえさりけれはあたためけるこをすてゝことおとこからすまうけていまめつらしくうちくしてありきけれはかのかいこかへらてて《く》さりにけふ《りイ》「子」それを見ていゑあるしの郡司道心おこして法師になりにけりそれか心をよめるなりおほをそとりとはからすのなゝり

　あさくらやきのまろとのにわかをれはなのりをしつゝゆくはたかこそ

このうたはむかし天智天王太子にておはしましけるとき筑後國あさくらといふところにしのひてすみ給けりそのやを

ことさらによろつのものをまろにつくりておはしけるよりきのまろとのとはいひそめたりけるなりよにつゝませ給ことありてみやう《こイ》にはえおはせてさるはるかなるところにおはしけるなりさるつゝみ給事あるかゆへにいりか《く》くる人にかならすとはぬさきになのりをしていりた○《るイ》と起請《ウケ》をせられたりけれはかならすいているひとのなのりをしけるとそいひつたへたるこのうたを本たいにしてきのまろとのになのりをしつゝよむなり大斎院と申ける斎院のとき蔵人のふのり女房にもの申さむとてしのひてよるまいりたりけるにさるゝ《ふらイ》ひともみつけてあやしかりていかなる人そととひたつねけれはかくれそめてえたれともいはさりけれはみかとをさしてとゝめたりけれはかたらふ女房院にかゝる事こそはへれと申けれは哥よむものとこそきけとてゆるしてやれとおほせられけれはゆるされてまかりいつとてよめる哥

かみかきはきのまろとのにあらねともなのりをせぬ《ねイ》はひとゝかめけり

とよめりけれは大斎院きこしめしてあはれからせたまひてこのきのまろとのといふことはしか〳〵きゝしことなりとおほせられてとくゆるしやれ○《とイ》さふらひをめしておほせられけれはいてにけり女はうにあひたりけるにこのことはさう《そイ》とおほせられつるとかたりけるをきゝてこのことよみなからとしころおほつかなかりつることをきゝあきらめつるところこひけるとそこの斎院はむらかみの御むすめなれはさためてしろしめしたらむとそのふのりも申けるそのゝふのりは「候し」もりふさかせむそなれはきゝつたへてまうしし

そのはらやふせやにおふるはゝきのありとてゆけはあはぬきみかな

この哥のこゝろたしかにかきたる物なししなのゝくにたる《にそイ》のはらふせやといふところ「は」あるにそのところにあるもりをよそに見れはにはゝくはゝきにゝたるきのこすゑのみゆるかちかくよりてみれはうせてみなときはきにしてなんみゆるといひつたへたるをこのころみたる人にとへははゝきゝと見えたるきもみえすさる《るイ》きのみえはこそちかくよりてもかくれめとそ申すむかしこそはさやうにもみえ候けめ

　みちのくのしのふもちすり誰ゆへにみたれそめにしわれならなくに

これらはかはらの大臣なりしのふもちすりとつゝくへきにはあらすみちのくにゝしのふのこほりといふところにみたれたるすりをもちすりといふなりそれをこのみすりけるとそいひつたへたるそれをところのなとやかてそのすりのなとをつゝけてよめるなりへむそうし《遍照寺》のみすのへりにそすられて候しは四五寸許きりとりてこそち《故帥》の大納言のせいわ院のみすのへりにまねはれて候しかはよの人みけうせし

　せりつみしむかしの人もわかことや心にものはかなはさりけん

これは文書に秋芹《献芹キ》と申こと候へとかなひ候はすたゝものかたりに申すはこゝのへのうちにゝはゝくものなと申すはとのもりつかさなとにやにはをはきあるきけるにきさいの御かたにてよせ《かイ》のみすをにはかにふきあけたりけるにせりをめしけるにみてもの思になりて人しれすおもひあるきていかていまいちとみたてまつらむとおもひけれとすへきやうもなかりけれはめしゝせりをおもひいてゝせりをつみて「みす」のかせにふきあけられたりしみすのあたりにをきけ

りとしふれともさせるしも《イ同》なかりけれはつゐにやまひになりてうせなむとしけるほとにめにもしらせてしなんかいふせさにこのやまひはさるへきにてうけたるやまひにあらすしか〳〵ありしことによりて物おもひになりてうせぬるなり我を《をイ》いとおしとおもはゝせりつみてくとくにつくれといきのしたにいひてうせはてにけりそのゝちいひをきしことくにせりつみてほとけにまいらせやそらにく《うイ》はせなとそしけるそれかむすめのそのみやの女官になりてはへりけるかこのものかたりをし出るをきこしめしてあはれからせたまひてさる物にはみえしやうにおほゆれ《るイ》とのたまひてその女官をつねにめしよせてあはれにせさせ給ひけるそのきさきはさかのきさきとそ申けるさもやおほしけんつねにみそかことをこのみてちむのとにいてたまひけると「ゝ」かやつねにくたものとおほしくてなかひつにいりてそいてたまひけるもちたてまつりたりけるふさやこゝろえたりけん心をあはせてさかさまにたて「〳〵」まつりたりけれはかほにちたまりてたへかたくおほしてなかひつあるきそれ《りイ》よりそとゝまりにけると人ものかたりにしけるとかや

　ことしけししはしはたてれよひのまにをけらむつゆはいてゝはらはむ

この哥《はそくイ》そ《イ同》くのきさきの哥とてはしにしるし申たることはにはうへわたらせたまひたりけるをりにとそあれとこのものかたりをうけたまはりてのちはさやうのみそか人は《にイ》おほせられけるにやとそおほゆる

　みつのえのうらしまかこのはこなれやはかなくあけてくやしかるらん

さ《こイ》れはみつのえのうらしまのことといふ人ありけるなりみつのえのうらしまとは所のなゝりおほきなるかめをつりい

てゝをきたりけるにうらしまのこかねたりけるにをむなになりてをりけるをみてめにしてありけるにめいさたまへわかすむところへとさそひけれはつりしけるふねにのりて見もしらぬところにゆきてすみけれはまことにたのしくおもふこともなかりけりしかはあれとふるき宮このこひしかりけれはわかありしところへかへしやりたまへあからさまにゆきてかへりまいらむとあなかちにいひけれはしかさおほさはかへりたまへとてかへしけるときにちいさきはこをゆひふむしてとらすとてこのはこをかたみに見たまへあなかしこあけたまふなとかへす〳〵いひかたらひてとらせつそのはこをとりてふねにのりてかへりぬもとのところにかへりつきけるまゝにいつしかゆかしかりけれはみそかにとおもひてなわ《にイ》のいりたるそとてをつ〳〵ほそめにあけて見れはけふりいてゝそらにのほりぬそのゝちをひかゝまりてものもおほえすなりぬはやくこの人のよはゐをこめたるなりけりあけたることをくやしくおもひてかへせとかひなしそれにこゝろをえ《えイ》てよめるなり

　我心なくさめかねつさらしなやをはすて山にてる月を見て

この哥はしなのゝくにゝさらしなのこほりにをはすて山といふやまのあるなりむかしひとのめゐをこにしてとしころやしなひけるかはゝのをはとしをいてむつかしかりけれはこのはゝのをはをすかしのほせて八月十五夜の月くまもなくあかゝりけるににけてかへりにけりたゝひとりなをやまのいたゝきにゐてよもすから月を見てなかめける哥なりさすかにおほつかなかりけれはこの哥をそうちなかめてなきをりけるそのゝちこの山をはをはすて山といふなりそのさ

きはかふり山とそ申けるかふりのこしにたるとかや

　かひかねをさやにも見しかけゝらなくよこをりふせるさやの中山

この哥にけけらなくといふはこゝろなしといふむかしのことはなりかのかひのくにのふそくなりよこをりふせるとはことのほかにたかくなかき山なれはよこをりにはゝかりてかひのしらねをふたけてみせねはよめるなりくやるといへることははするかのくにのふせりといへることはなりこのさやの中山はとをたふみとするかのくにとのなかにあるやまなり

　ねらひするしつをのこやにしなへたるやさしきこひも我はするかな

ねらひといふはしゝをとることなりましはといへるこのは《を、イ》をりあつめて人をかさりて人のやうにみえぬほとにかさりなして山にたてたれはしかの人とも見えねはうちとけてよりくるなりさてちかつくをりにいるなりしなへたるといへるはさすといふことはなりこしにやをさしたれはやさしとはそへよめるなり

　月よめはいまたふゆなりしかすかにかすみたなひく春たちぬとか

月よめはといふは月なみをかそふれはといふを《なイ》りしかすかといふはさすかにといふことはなりとしのうちに春たちけるとしよめるなり

　ゆきをゝきてむめをならひ《こイ》そ足引のやまかたつきていゑゐせるきみ

やまかたつきてといへるは山のふもとにといへるなり
　我宿のそともにたてるならのはのしけみにすゝむ夏はきにけり
そともといへるはしりへといへることはなり
　いさゝめにときまつまにそひはへぬる心はせをは人に見えつゝ
　いさゝめにおもひしものをたこうらに咲る藤なみひとへゝにけり
いさゝめといへるはたゝしはしといへることはなり
　夏かりのたまえのあしをふみしたきむれゐるとりのたつそらそなき
たま江とはゑちせんのくにゝあるところなりあしはあきかる物なるをとくかりほ《るイ》とになるあしのあるをなつかりをき
てつみをきたるうへにとりのむれゐるなりたまえとはたまの江といふなりみつのあるえに○《はイ》あらする《なイ》つかりといへる
はしめのいへ《つイ》もしもかりかねのなつまてあるをいふそともいひし人あり主《これイ》もやまのひかことにこそかりかねならはす
ゐにむれゐるとりのといはむにもあしくきこゆ「又しかりのにはかにいてきたらむもこゝろえすこれらかさたにこ
そこゝろ得たるひと心得ぬ人は見ゆれ」
　神風やいせのはまをきをりふせてたひねやすらんあらきはまへに
　君か代はつきしとそ見る《おもふイ》秋《神イ》風やみもすそ川のすまんかきりは

秋風といへるはふくかせにはあらす万葉集にかみかせやとかきたれはもしにはかられてふくかせとよみたる人あまたきこゆもろ〱のひかことにや神の御めくみといへることなりさらはい勢とかきるへきことかはこと神にもう《よイ》かまむにとかあるへからすといひかしかはかゝることはふるくよみつるまゝにておそろしさにえ《えイ》○よまぬなりこのころの人もおちなくよむものあらはよまれてこそあらめとそ申さるとそうけ給はりしはまをきとよめるはおきにはあらすあしをかのくにゝははまをきといひならはしたるなりみもすそかはとはかの大神宮の御前になかれたるかはなりいかてこのかはゝいまゝてよみのこしてをきたりけんとそさねつなは申しか

　みちのくのあさかのぬまのはまか《なイ》つみかつ見る人のこひしきやなそ

かつみといふはこもをいふなりかやうの物もところのなもところにしたかひてかはれはいせ《みイちイ》のくにゝはこもをかつみといふなめり五月五日にも人のいゑにあやめも《をイ》はふかてかつみふきとてこもをそふくなるかのくにゝはむかしさうふのなかりけるとそうけたまはりしにこのころはあさかのぬまにあやめをひかするはひかことゝも申つへし

　はなかつみめならふ人のあまたあれはわすられぬらんかすならぬ身は

これらははなゝとつみいるゝこなめりこれらかく申ましけれともはしめのうたにまきるれはかきて候なり

　ちりぬへき花みるほとはすかのねのなかきはるひもみしかゝりけり

すかのねのなか〱といふあきのよは月見ぬ人のいふにそ有ける

これはやますけのねを申なめりこれかねい《はイ》もの〻ほとよりもなかきなめり

　わかこ《やイ》とにいなをほせ鳥のなくなへにけさふくかせにかりはきにけり

いなをほせとりとはよくしれる人もなしにはた〻きと申とりなめりす〻めと申人もあれともす〻めはつねにあるとりなれはいまはしめてなくなへなとう《申イ》へきにもあらは《すイ》このにはた〻きといふとりはとつきをしゐとりと申なる《りイ》それにつきて心ある哥

　あふ事をいなをほせ鳥のをしへすは人をこひしにまとはさらまし

この哥をかの鳥のなにおもひあはするなめり

　いくはくの田をつくれはかほと〻きすしてのたをさをあさな〳〵よふ

してのたをさとは郭公を申なめり

　すかるなく秋の萩原あさたちてたひゆく人をいつとかまたむ

すかるとはしかを申なめり

　はなちとりつはき《さイ》のなきをとふからにいかてくもゐをおもひかくらむ

これはかひなとしたるとりのつはさもなく《きイ》をはなちなとしたるをよむなり

　わすれなんときしのへとそはまちとり行ゐもしらぬあとをと〻むる

これはちとりのうたなりまきるれはよき《かイ》て候なり

もゝちとりさへつる春は物ことにあらたまれとも我そふりゆく

我○《やイ》とのえ《えイ》のみもりはむもゝちとり春はくれとも君はきまさぬ

はしめのうたにさへつる春とよめるはうくひすなりつきのうたのえのみもりはんといへるはもろ〳〵のとりといへるなりすいなうにうくひすをもゝちとりとかけるにつけてうくひすとこころ得てはあしかりなん

たかみそきゆふつけとりそから衣たつたの山にをりはへてなく

ゆふつけとりはにはとりをいふにはとりにゆふをつけて山には《放《ハナ》つ》夏まつりあるとかや

夏くれはやとにふすふるかやりひのいつまて我身したもえにせん

足引の山田もるこかおくかひのしたこかれのみわかこひをらん

かやりひとはなつになれはかたゐなかにはかと申むしのおほかれはやとをとをくのけてひをたくなりうる《よるイ》のくらけれはひのけにつけ《きイ》てそこにのみつとふなりよもすからたけはとみにもえぬものをあつめてしたにひをつけたれはきら《らイ》ゝかに○《もイ》もえす又きえもやらねはしたこかるなとはよそへてよめるなめりおくかひもをなしことにやすくもひさやうのことなめり

かすかのゝとふひのゝもり出てみよ今いくかありてわかなつみてん

これはむかしかすかのにひのとひけれはおそりをなして野もりをすへてまもらせけるとそ申このゝもりにわかなはつむほとになりにたりやととひたる哥なめりこのことまこと「に」ならはとふひのゝもりといはんことはかすかのにのよむへきなめりほかのゝによみたらはひかことにてそあるへき

　みまくほし我まちこひし秋はきはえたもしみゝに花さきにけり

しみゝと申ことはしけしと申ことはなめりおほくはきくさのえたにそよめるになふと申すもしをこのみかくはえ《えイ》たもたわ《はイ》たにと申ことはよめるにやあらむとみたまふるに万葉集

　いへひらはえたもしみゝにかよふらんわかまつきみ○《は》かへりひ《こイ》しぬかも

かうもよめるはなをしけしとよめるなめり

　かのみゆるいへにたてるそかきくさのしかみさえたの色のてこらさ

そかきくといふはしようわのみかとのひともときくをこのませたまひてたかくをゝきにひろこりたらんきくまいらせたらむ人をしやうせむとせんしくたさせたまひたりけれは世のなかの人我も〳〵といとなみてひともときくをつくりてまいらせけるとそ申しゝさてひともときくをしようわきくといふなりしかみさえたのといふはしつえといふやうにゝ《に》れはみまさかのくにのことはとそうけ給はるそかかきくとは○《黄イ》きくを申といふ人もあるにやなをひともときくにてこそかなふやうにはお《ほ》をゆれひともときくはきのやうにたかき物なれはしかみさえたもなとかなからんむらきくの

しかみさえたは心えすそれもしたえたはあれとうへのえたにうつもれて見えし又つちにつきてうへにあらむえたにはをとりなん物をそかきくをなをきゝてそ《くイ》といひはら《ふからは》つきなるひともときくとそいふへきをさはいはさめり

あまゝへ《けイ》しのをかのくかたちきよけれはにこれるたみもかはねすゝしも

くかたちといふはむかしぬすひ《みイ》とをとふとてほときといふものにゆをたきらかしてゝをさしいれさせてそこをさくらせけるよ《なイ》りそれにあやまちたる人はてたたれけるにあやまたぬ人はあかみたにせぬにそ《とイ》ありけるはしめのいつもしはところのなゝり御神にいのり申てしとそ世のするになりてしとけなきことゝもありけれはとゝまりにけるにや《とかイ》

から衣したてるひめのしたらひ《こイ》にあめにきこゆるつるならぬねを

したてるひめはあめわかみこのめなりそのおとこうせたるときかなしふこゑそらにきこゆるなり又つるのさはになくこゑなんそらにきこゆるといふことのあるなり

いくしたてみはするまつるかんぬしのうすのたまかけみれはともしも

これはゐなかに田つくるをりにすることなりたのかみまつるときにこへいを五十はき《さイ》みてたのくろといふところにたてゝさけなともそのれうとてきよくつくりまうけてまつるなりそのさけのなをみわけとは申なめりうすのたまかけとはまめつらぬきてうすのやうにしてかさりにするとそうけたまはる

我宿をいつならしてかならのはのならしかせをにいをりてをこする

かへし

かしはきのはもりのかみのましけるをしらてそをりしたゝりなさるな

これはとしこかいゑにありけるかしはきををりにつかはしたりけれはとしこかよみてひはの大臣にたてまつりける哥なりはもりのかみとはきのはをまもるかみのきにはおはするなり

おきなさひ人なとかめそかり衣けふはかりとそたつもなくなる

これはせりかはのきやうかうにゆきひらの中納言の御たかゝひにてたもとにつるのかたをぬひものにしてこのうたをやかてもし《しイ》きにぬひてつけたりけるとそかきたるおきなさひといふはおきなされとゝいふことはなり

桜花ちりかひまかへおいらくのこむといふなるみちまとふかに

おいぬといへることをもしをたゝ《らイ》さむとていへることはなり

おもひきやひなのわかれにおとろへてあまのなはたくあさりせんとは

これはをのゝたかむらをきのくにゝなかされてはへるける時よめる哥なりひなといふはゐなかをいふなりあまのなはたくとはあまのすむところによりて物もとめてはんとはおもはさりきとよめるなり

たまくしけふたとせあはぬ君かみをあけなからやはあはんとおもひし

これはらうゑいしうにある哥なりをのゝよしふる《らかイ》といふ人のうてせんしをか○《うイ》ふりてにしのくにゝまかりむかひてお

もひのことくうちえ《えイ》てたてまつりたりけるにそのゝちしやうか○《うイ》ふるへしとおもひけれとそのことききこえてふたとせになりておほかたにしゐすへきとしにてありけれはしゐをしてくちおしくしやうにしゐをしてこと《ことイ》し従上をしたらましかはとおもふらむとてきむたゝの弁のつかはしたりける哥なりあけなからやといふは五ゐのうゑのきぬといふなりさてあけといはんとてたまくしけとはおもひよりたるなり

　河やしろしのにをりはへてほすころもいかにほせはかなぬかひさらむ

　行水のうへにいのれるかはやしろ河波たかくあそふなる哉

このかはやしろのこといかにもしれる人なしたゝ人のをしはかり申はみつのうへに神のやしろをいはひてかくらをするなりされはかはやしろとはみつのうへにあるやしろといふなりつきのにてはさもこゝろえつへしはしめの哥はするゐにかくらやのよしもいはすまことにやしろ《イ同》めりとおほゆることはもきこえすおもひかけぬころもをほしてひさしくひぬよしをなけきたりかくらにはいかにもかなはすつらゆきかしうにもなつかくらのことかけりたゝをして哥のころ《こゝろイ》をゆるに河やしろといふ○《はイ》やしろをかはのうへにいはひたれはかはのみつもはやく神もいちはやくおはするによそへてとうよりほすといへるなめりしのにといへることはしけくひまなしといへることはつねにつかへはぬのをりてほすにもひさしくひぬよしをなけきたるなめりとそこゝろえたるさらはつきの哥そ《そゝろイ》ゝろたかひぬるあけのそをふね

たひにしてものこひしきに山もとのあけのそをふねきしにこき行

あまのはしふね

久方のあまのさくめり《か》はしふねのとめしたかつはあけにけるかも

あからをふね

奥にこくあからをふねにつとやみんわかき人みてときあけむかも

いへてふね

さきもりのほりて《江イ》こきいつるいへてふねかちとるまなくこひやわたらん

たなしをふね

いり江こくたなゝし小ふねこきかへりおなし人をもこふるころかな

あしからをふね

もゝつしまあしからをふ〇《本まゝ ねイ》あるにおほみや《めイ》こそかならめこゝろはおもへと

もろこしふね

あやしくも袖にみなとのさはく哉もろこしふねもよせつはかりに

まつらふね

まつらふねみたれを《ほイ》そをのみをはやみかちとるまなくおほくゆる哉

おほふね

おほふねにまかちしゝぬきこくほとをいたくなこひそとし《しイ》にある如何《如何イ》に

これはさせることなけれとふねの哥あまたあれはかきつけたるなりたかせふねなとはつねのことなれはとゝめつ

天の河あさせしら波たとりつゝわたりはてねはあけそしにける

この哥古今の歌なりこの哥のこゝろはあまの河のふかさにあさせしら波をたとりてかはのきしにたてるほとにあけぬれはいまはいかゝせむとてあはてかへりぬるなりさることやはあるへきたゝ人すらひとゝせをよるひるこひてたま〳〵かならすあふへきよなれはいかにしてもかまへてわたりなんものをましてたなはたと申はさうすく《くイ》におはしますやあまのかはふかしとてかへりたま○《ふイ》へきにもあらすいかにいはんやそのかはにはかさゝきあり《かはしイ》てもみち○《本マ、のイ》はしきわたしとも《ありともイ》いひわたしふねはやわたせともいひきみわたりなはかちくしてよともよめはかた〳〵にわたらんことさまたけあるまし「わたしもりの人をわたすはしるしらぬやはあるたなはたのこゝろさしありてわたらんあらんにわたしもりなとてかはいなひまうさん」又かはもさまてやはふかゝらんかた○《〳〵イ》こゝろえられぬ哥なりまたひかことをよみたらんに古今にみつねつらゆきいれむやたとひかの人〳〵こそあやまちていれめえんきのみかとのそかせたまはさらんやはもし古今のかきあやまりかとおもひてあまたの本のよきとおほしきをかりあつめて見れはよきとおほしきにはわたりはてなはとありをろさかしき人のかきけるにやあらんわたりはてつれはとある本もありおほつかなさに人にたつね申かはこれはわたりはてねはとあるへきなりわたりはてつれはとあるは古今のあやまりにこそあめれかやうのことはふるき哥のひとつのすかたなりこひかなしひていつしかとたらゐ《ちイ》まちつることはひとゝせなりひをかそふれは三百六十日なりたまく〵まちつけてあく《へイ》ることはたゝ一夜なりそのあへるほとのあなかちにすくなけれはまことにはかはをもわたりてあひたれともあはぬかやうにおほゆるなりされはあひたれともほとのすくなけれはまたあはぬこゝちこそすれなとよむへけれと哥のならひにさもよみ又あひたれとも人にまたあはぬさまによむなりこれのみかはゝなをしらくもにみせもみちをにしきににせなとするもひとへにそれにこそはなすめれことたかくものいふ人のいふことはにたるものをもひとへになしきかぬことをもひとへにきゝたるやうにこそはいふめれそれかやうに哥をもあひなからあはすとはいふなりとありしにこそよあくるこゝちしてうれしくおほえ候しか

　昨日こそさなへ取しかいつのまにいな葉もそよと秋風そ晴

この哥又おほつかなし四五月にうへたる田は八九月にこそいてきとゝのをりていなはもそよにはなみよたら《るイ》めきのふさなへにてうへたらんなへの一夜をへたてゝいなはもそよにはなみよるへきことかはあやしさに人《にイ》のたつねまうしゝかはこれは一夜をへたてゝ秋かせになみよるにはあらすたた月日のほとなくすくるをいはむとてことたかくきのふとはいふなりきのふなとおもふことのかそふれはとしつもりにけりなといふことのことしかやうに心えつれはことはり

おほくそきこゆる

　しほみては入ぬるいそのくさなれや見るひすくなくこふらくはおほし

この哥はひかことにやと申つへしいそのくさをこひしき人も《に》たとへてしほみちぬれはうみのそこにかくれてしほひぬれはいてくるを見るなんまれなるとよめるかうみのしほのみちひることに《はイ》一日にいちとかならすのことなり時こそ月のいていゐるにしたかひてはかはれともつゐにみちひることはあへてたゆることなしこの哥の心はみちては日ころありてたま〳〵ひてはたゝ一日ありて又みちぬれは十日廿日もありてひることのたまさかなるやうによまれたるなりこれはおほきなるあやまりとうちきく《きイ》はおほゆれといそのくさはしほみちひるにしたかひてあらはれかくるゝことはおなしほとあれとあけくれめもかれす見まほしき人のたまさかにもかくれみえぬ《かイ》るつねにしほのみちてかくしたるやうにおほゆるなりたとへはいたきところのものにあたりたるかことしまことにはたまさかにあたれとつねにあたりていたきやうに「みえの」みえぬことはおなしほと○《なれと》あかぬおもひのあなかちになれはみることはなをたまさかにおほゆ○《るイ》とよめるはめてたくこそきこゆれこの哥いとしもなから○《ん》にはよろつのしうにはいりなんや

　なのみして山はみかさもなかりけりあさひゆふひのさすにこ《そイ》ふかも

此うた心得かたしなからんかさをはあさひゆふひなりともなにをかさゝむなにしおはゝといひてこそひのひかりにもさゝせめみしかき心にはをよはすそきこゆるされともあさひゆふひのひかりまことにてをさゝけてかさをさすものな

らはこそのかたはもみえさらんかさをはなにをかさゝむともいはめたゝひのひかりをさす「ふ」といふものなれはかたちみえすともなはかりをもなとさゝさらんこれはあなから《ちイ》のことなり

人ならしむ《はイ》れ《ねイ》のちふさをほむらにてやくすみそめの衣きよ君

これはとしのふるなかされけるときなかさるゝ人はふく《くイ》のころもをきてまかるなれははゝのそめてつかはすとてよめるなりすみそめのきぬといふはいろのくろけれはいふなりまことにすみしてそむるにはあらすこの哥の心はおこすゝみしてふくのころもをそむるやうによめるなりたとひすみしてそむるにてもすゝりのすみしてころく《こそそイ》めゝいかてかおこすゝみしてはそめむ「いかなることにかおもへとふくのきぬはすみそめといふにはあらすまことにも」むかしはすみしてそめけるを此ころの人のふしかねしてはそむれはこの哥よみけんころほひはすみしてそめけるにやあらんおこすゝみとすゝりのすみとのことはさもおほめかれたることなれとかやうのことつねのことなりすゝりのすみをよむへからんところにおこすゝみよみたらんにとかなしやかすともくさはもえなんとよめるはひのもゆるとくさかれのいまめくみいつるとはこと〱にはあらすやされともかうもよめるはあみのひとめをつら《つむイ》んなとよめるうひはいをのなゝり人のひとをこふるこひはこと〱なれともしのおなしことなれはかよはしてよむつねのことなり又すゝりのすみもやかすやはあるすゝりのすみをつくるにはまつのきをもやしてそのけふりをとりてつくるものなれはたゝすゝりのすみをやくすみそめとよみたらんにとかあるへからすとうけたまはりしにはけにさもとこそおほえ候しか

神まつるうつきに咲るうの花のしろくもきねかしらけたる哉

この哥の心ははしめに神まつるといひてすゑにしろくもきねかといへりしらくといふことはよねをしろくなすことはなりきねを《とイ》いふはかんなきのならりさらはかんなきのよねをしろむへきにやさや○《うイ》のことはあやしのしつのめかすることなりかくらなとするをりかんなきやをとめなといひてからきぬなときていつくしくめてたきものなりさやうのことすへしともみえすいかなることにかとてなかころの人〳〵にたつねしよ「は」《にイ》その人〳〵もおほめきてたしかにも申さすかんなきといふもの○《もイ》やをとめするときにもそ《こイ》いつくしく見ゆれまことにはしつのめといひつへきものなれはなとかしろくもきねかともいはさらんといへる人もありまたよねしらくるうつはもののくにきねといふものありけ《そイ》れかよねをはしろむるものなれはさよる《むイ》にやあらんと申す人もありきされとそれをよまはまたそれかくのものあるへしひとつ〳〵なけれはことかくるものなりとてきくあほ○《ものイほイ》ほゑみきたゝうのはなのうつきにさけるものなれはしろしといはんとてしろくもきねかとはいふなりまことにけふのやをとかしろむるにはあらすはなかさといふものあれはうくひすにぬはするはまことにうくひすやはぬふらん《へきイ》たゝ春「の」うくひすも《あれはイ》ありうくひすのかさきぬふてふなとはよむなりされは神まつるといふにひかされてかんなきにしらけさせんとかなしとそ

雪のうちに春はきにけりうくひすのこほれるなみた今やとくらん

このうたにはるく《はイ》といふことおほつかなし鶯のなかむにはなみたやはあるへきとうたかはれしを人の申ゝはゆきのう

ちにはるはきにけりとよむはとしのうちにといへるなり雪は春もふるものなれとむねとは冬ある物なれは冬といはんとてゆきとはいふなりふるとしにはるのたちけるとしよめる哥なりとしのうちに春はきにけりといはゝこそことやいはむといふ哥にゝたれはそれにたかへむとてゆきのうちにとはよませたまひけるにやうくひすのなみたはなけれともなくといふことにひかされてよめるなりかりのなみたやのへをそむらんといふもなみたやはあるへきされとなくといふにつきてなみたとよまむにとかなししかはあれとうくひすのなくはさへつる也なくにはあらすも《たイ》とひなみたはありともいつくにとまりてか冬はこほりて春ひんかし風にあたりてとくへきそら事ともなれはあやしともいひつへけれとも哥からのめてたけれは古今にいりておそろしきなり又この哥は古今にいらは春のはしめにそる《いイ》へき○《をイ》をくにあるうたかひあることなりなをさたのこりたる哥也

　山たかみひともすさめぬ桜花いたくなほ《わイ》ひそ我みはやさん

この哥はこ《のイ》ゝろははなわれを人みすとてわひたるさまによめり人なりともさやはあるへきましてこゝろもなからむはな人みすとてわひんあひなくこそはきこゆれされとこれこそは心なき物に心をつけものいはぬものにものをいはするは哥のならひなりといふはこれにはあらすやふくかせははなのあたりをよきてふけなといひやう《よイ》やまて山郭公ことつてんなといふはかせをよきよといひほとゝきすをまてといはんにまさにきかむやはされとうたのならひなれはこれにて心うることになとてかははなも人見すとてわひさらむ

みる人もなき山里の花の色はなか〱風そおしむへと《ら》なる

もろ〱のはなかせうらみてのみこそあるにこれはかせのはなをおしみたるおもひかけぬことなりやまさとにかせのおしみとも《とイ》めたるはあらすほかのはなはみなちりはてぬ○《るイ》にこの山さとの花のさかりなるはかせのふかさりけるなりかせはふけはところもさためぬものなるにこれにしも風のふかさりけるはかせのおしみけるなめりといふなりこれひとつの哥のすかたなり

山もりはいはゝいはなん高砂の尾上のさくら折てかささん

これはこと「の」はのことくならはそせい法師かはなの山といふところにて花を折てよめる哥なりたかさこのおのへといふところはりまのくにゝあるところなり花山とはこのやましろのくにゝあるところなりまつもやわれをともとみるらんともいひ尾上のまつとわれとなりけりとよむはかのはりまのくにのたかさこにてよむなりまたやましろのくにの花山にてまたゝかさこのおのへのとよめる哥はなしこの哥の心をもてたつぬれははりまのたかさこはこほりのなゝりおのへといふはさとのなりそのはまのつし《らイ》にまつのひときありしをよみそめてよめるなりそのそせいか哥はおほかたの山のなをたかさことといふことあるなりおのへといふはやまにおといふところのあれはそのおのへにといふなりあれもこれもともにとかなししかるにてはいかならむところにもやまをよまむにははゝかりあるましとそきこえしされはにやおのへのさくらとよみて候き

ときしまれいなはのかせになみよれるこきさへ人のうらむへしやは

御かへし

いかてかはいなはもそよといはさらむあきのみやこのほかにすむみは

これはむらかみ御時に齋宮の女御と申ける人のなかをかといふところにすみたまひけるときいつかまいらせたまふへきなとをとつれうさせたまひたりけるときいかゝ御かへりにう《申》させたまひたりけむう《申》させたまひたりける哥也この歌のこゝろきかさらん人のさとるへきにあらすきさきといなこまろといふむしとはものねたみせぬものとふみに申たるとかやこの御かへりにものねたみのけしきやありけむとかく申させたまひたりけるなりいなこまろといふむしはたのいねのいてくるときこのむしもいてくれはいなこまろといへはこのむしとおほしくていなはのかせになみよることはよませたまへるをころ《こゝろイ》をえて我はきさきにもあらねはなとものねたみもせ〇《さイ》らんとおほしてあきのみやこのほかなるみはとよませたまへるなりきさきのそませたまふけしきなりとよの人申けれはさて御しふにはのそかれにけるとそうけたまはりし

恋わひてねをのみなけはしきたへの枕のしたにあまそつりする

哥はことたての《かくイ》みよめはこれもつねになみたのおほくつもりてうみとなりてあまもつりしつへしとよめるこゝろえて《えイ》ことのほかのことたりことなと人もう《申》すにかみにつらぬかれたるなみたをはあまのつりといふことのありけれはそれ

をよむにてはこと〻か《たイ》ことにはあらさりけりとそ人申けるそのすいなうのもの〻いみのまきを見れはかみにつらぬかれたるなみたをはあ○《本ノマ、》《まイ》のつりといへることかけり

雪降てとしの暮ぬるときにこそつゐにもみちぬまつも見えけれ

これはとしのさむくしてまつかえをしるといふことの候《サフラフ》なりかしこき人もた〻こともなきをりはかしこきことをろかなることみえすまつのきかゑのきなともよろつのきのあをきをりはなにとも見えぬかふゆになりてもろ〱のきのはのおちぬるときにまつのきともかゑのきともみゆれはこのきなんまとのきといふことのあるをよめるうたなり

夕されはみちも見えねとふる里をもとこしこまにまかせてそ行

これは管仲といふ人の夜みちをゆくに我はくらさにみちも見えねともこまにまかせてゆくといへることのあるをよめるなり老馬智といへることはこれより申とそ

をの〻えはくちなはたれもすけかへむうき世の中にかへらすもかな

これはせんにむのむろにこをうちゐたりけるにきこりのきてをのといふものをもたりけるをつかへてこのうつ五を見けるにそのをの〻えのくちにけれはあやしとおもひてかへりていゑを見れはあともなくむかしにてしれるひともなかりけるとかや

ぬれてほす山路のきくのつゆのまにいかてか我はちよをへにけむ

これもせん人のことなりつゆのまにといふはたゝしはしといふなりそのほとにちよをふとよめるなり

　たちぬはぬきぬきし人もなきものをなにやまひめのぬのさらすらん

これも仙人のきぬはぬひめのなきといへることをよめるなり

　心さしふかうのさとにをきたらはこやのまつをは行てみてまし

はこやのまつといふはこれも仙人のゐ所也ふかうのさとゝいふはな《えイ》もいはぬことのおほえを《くイ》ほ《なイ》しきところのめにみゆる事のあるなりさらましかはかの仙人のすみかはみてましとよめる也

　わきもこかくへきよひなりさゝかにのくものふるまひかねてしるしも

これはあふみのくにゝありける人のむすめのことのほかにかたちのよくてひかりのころもをとをりてめてたきありきこしめしてみかとめしけれはたてまつりたりけるをかきりなくおほしてよのまつりこともせさせたまはさりけれはおや○《よをイ》おそりてひきこめてはるかなるところにこめすへたるをきこしめしてたひ〳〵めしにつかはしたりけれとまいらせさりけれはかしこまりける人をめしてつかひにつかはすとてかならすくしてまいれもしまいらすはつみせんとおほせられけれはつかひほしいゐをそすこしふところにもちたりけるかの女のもとにゆきてすみやかにまいれといふせんしのつかひなりされとさき〳〵のやうによもまいりたまはしまいりたまはすとてかへりまいりたらはかならすくひめされなむすとていかにもしなむことはおなしことなれはたたこのにはにてしなんとてものもくはて十日はかりには

にふしてみそかにふところにもたりけるほしいゐをくひてありけるをおや見てこのことふひなりせんしのつかひこゝにてしなはかへりてつみかふりなんはやこのつかひにつきてまいりねといひけれはわれはもとよりまいらしとおもはすおやのとりこむれはこそあれとてつかひにくしてまいりぬみちにとく《とイ》ま「い《本ノマ、》」りてさきにたちてまいるよし申せといひけれはそのよし申に「たて」まいりてまちけるほとにくもといふむしのかみよりさかりてそのうへにかゝりたりけるをみて行幸なともやあらんすらんあやしきことのあた《るイ》かなと申けるほとにみかとおはしましたりけるとそとをりひめと申うたよみはこれになんありけるすみよしにへちの神にておはしますとそうけたまはる

我恋はちひきのいしのなゝはかりくひにかけては神のもろふし

ちひきのいしといふは千人してひくいしといふなりなゝはかりといふはその「ひとつを千人してひく《いしなゝつはかりといふ也イ》いしなゝつはかりといふなり」くひにかけてはかみのもろふしといふはそのいしなゝつをくひにかけてはかみもえおきあかりたまはしとおもふいしにもまさりたるこひのおもさなりとよめるなり

あひおもはぬ人をおもふはおほてらのかく《餓鬼》ゐのしりへにめに《ぬか》つくからと

これはむかしのてらにはかくゐをつくりてすへたりけるなりそのかさ《きイ》にむかひてをろかなる人のほとけのおはするそとおもひてぬかをつきてたてまつる事也それなむおもはぬ人をおもふはにたるなりとよめる

てら〳〵のめかきまうさくをゝうへのをかきたいりてそのこはらは《まイ》む

これはいとしもなきをむなのこをほしかりてかやうに申こはすはたれかめみたてんとおほしくてよみたりけるにやあらむ

　山里のたのきのさゐもくん《むへイ》つきにをしねほすとてけふもくらしつ

たのきといふはたのあせのかたはらにあるたまりみつなりさゐといつ《へイ》るはちいさきいをともなりをしねといへる○《はイ》たのいねともなりされはたのきのさゐなとすくひてあそふへきにいねをほすほとにけふもくれぬとよめるなり

　かひそらもいもそ《せはイ》なへてあるものをうつゝの人にて我ひとりぬる

かひのふたをしゐ《てイ》あるはめかひをかひといへるものゝあれはかひたにもいもせはあるにまさしき人にてひとりぬることをなけきたる哥也』れんかこそよのすゐにもむかしにもをとらす見ゆるものにては候へむかしはありけるをかきをかさりけるにや

　　　　みつね

おく山にふねこくをとのきみゆるは

　　　　つらゆき

なれるこのみやうみわたるらむ

これはみつねつらゆきとものにくしてまかりけるにおくやまにそま人のきひく「きひく《本ノマヽ》」をとのふねこくににたりけ

れはしけるとそ

たゝみね

なはゝしのたゝぬところにかつ《つイ》らはし

としゆきの少将

つかひのをた《さイ》にみふのたゝみね

これはたゝみね《本ノマ、》かさこむのつかひのをさにてありけるときとしゆきの少将ちんにはたれかさふらふとたつねけれはつかひのをさにに《みイ》ふのたゝみねとなのり○《しイ》をきゝてれんかにきゝなしてゐはしてすきけるをきゝてつけたると申つたへたる

女房

ほともなくぬきかへてけりからころも

きんたゝ弁

あやなきものはよにそありける

これは延喜のみかとのかくれさせたまひたりける時きんたゝの弁五ゐのくら人にてはへりけるかあやのきぬともをぬきすてゝはへりけるをみて女はうの申たりけるとそ

よみ人しらす

たれそこのなるとのうらにをとするは

さねかた

とまりもとむるあまのつりふね

つまとのたてあけしけれはなりけるうちにさねかたの中将のをとしけれはしらぬかほ○《にイ》て女はうのしけるとそ

さねかた

あやしくもひさよりかみのひゆるかな

みちなかのきみ

こしのわたりに雪やふるらむ

うちわたりにてあしのひえけれはしけるとそ

まさひら

みやこいてゝけふこゝぬかになりにけり

あかそめ

とうかのくにゝいたりにしかな

おはりのくにゝくたりはへりけるときみちにて心ちそこなひてしはしとゝまりてはへりけるほとにこゝぬかになりけれはしけるとそ

ゐやうせい法師

ま《あイ》つまうとのこゑこそきたにきこゆなれ

けいはん法師

みちのくによりこしにやあるらん

ゐたりけるきたのかたにこゑなまりたる人のものいひけるをきゝてしけるとそ

な《なイ》りつね《なイ》

もゝそのゝもゝのはなこそさきにけれ

きむより

むめつのむめはちりやしぬらむ

よりつな

いなりやまねきをたつねてゆくとりは

のふつな

はふりによい《はイ》のつゆやをくらむ

よみ人しらす

春はもえ秋はこかるゝかまとやま

もとすけ

かすみもきりもけふりとそ見る

これはつくしのすいたのゆといふ所にてゆやのはしらにたれとはなくてかきつけたりけるをきゝてもとすけかつけたりけるかのすいたのゆにてはかまとやまのあらはに見ゆるなり

やましろのやまとにかよふいつみかは

たゝさた

これやみくにのわたりなるらん

いつみかはと申かはの山しろよりやまとさまになかれたるを見てせるなりみくにのわたりと申ところの山しろに候なり

かものなりすけ

しめのうちにきねのをとこそきこゆなれ

ゆきしけ

いかなる神のつくにかあるらむ

かものみやしろのうちによねしらけゝるをきゝてしけるなりとそ

ゐやういむ法師

をきのはにかせのけしきのしるきかな

ゐ《イ同》やういむ法師

かせになひかぬくさはなけれと

みちまさの三位

もろともにやまめくりするしくれかな

かねつな《ねイ》の中将

ふるきか《に歟》ひなきみとはしらすや

ふたりくして百寺のうちありきけるにしくれのしけれはしけるとそ

せんりむしの僧正

春のたにすきいりぬへきをきなかな

宇治殿

かのみなくちにみつをいれはや
そうくわんせむ

これはうちとのにてあやしのをきなの田のなかにたてりけれはかのそうしやうの申けるとそ

日のいるはくれなゐにこそにたりけれ
たいらのためなり

あかねさすともおもひけるかな
きやうせん

このとのはひをけにひこそなかりけれ
永源

わかみつかめにみつはあれとも
よりよし

これはおほみやのみんふ卿の御もとにてはへりけるにひをけに火なかりけれはしけるとそ

きくの花すまひくさにそにたりける
よりなり

とりたかへてや人のうへけん
すまひはとるものなれはや申けるにや
きむすけ
おほつかなたれとかしらんふたこつか
さかみ
はゝそのもりやしらはしるらん
ゐしむあさり
うまけにもくふうしのくさかな
永源
ひつしのおさるのかしらに成ほとに
きやうせん
むめのはなかさきたるみのむし
やくいぬまろ
あめよりは風ふくなとやおもふらん

これはきやうせんりしのもとに人〳〵まてきてあそひけるにとをはかりなるちこのみのむしのむめのえたにつきたりけるをみてしたりけれは人〳〵えつけさりけるにやくいぬ「まろ」と申けるちうとうしのまへにゐたりけるかつけたりけるとそさ《さイ》てそのわらはをは心ありけるわらはとてほうしになしてよろしきものになむつかひける

しけもと

ものあはれなるはるのあけほの

修行者

むしのねのよはりしあきのくれよりも

なりみつ

おくなるをもやはしらとはいふ

くはんせん

みわたせはうちにもとをはたてゝけり

山のゐのふたきのさくらさきにけり

あかそめ

みきとかたらん見ぬ人のため

百寺うつとてひんかし山のへんにありけるに山のゐといふところにさくらのさかりにさきてはへりけるを見てともなりける人のしけるとそ

かはらやのいたふきにてもみゆからな

「もくのすけ」すけとし

つちくれしてやつくりそめけん

さかへまかりけるみちにてかはらやをみてしはへりけるなり

「せうに」ためすけ

つれなくたてるしかのしまかな

くにたゝ

ゆみはりの月のいるにもおとろかて

しけまさのそちの時はかたといふところにてさけなとたへけるについてにしけるとかや

もりふさ

きのふきてけふこそかへれあらす《すかイ》より

つねみつのわう

みかのはらゆくこゝちこそすれ

これはゑちせんにてちゝのとも《もイ》にあすかのみやしろにまいりてまたの日かへるとて申ける

雪ふれはあしけに見ゆるいこまやま

しけゆき

いつなつけにはならんとすらむ

かねすけ

これはためまさかかうちのかみにてはへりける時ゆきふりたりけるあしたにつれ〱なりけれはさうしたてこめてらうと申《うイ》ともあつめてさけなとのみけるにみなもとのしけゆきかもの《とイ》へまかりけるみちにてまうてきたりけれはよろこひさはきてきやうしけるにをの〱ゑひてさうしをしあけてなかめやるにゆきにうつもれたるやまの見えけれはあれはいつれの山そとたつねけれはあれこそはかうみやうのいこまやまよとためまさかいひけるにきゝてかく申たりけるをきゝてたひ〱ゑいく《じイ》してつけんとしけるにいかにもえつけさりけるけしきを見てやくしあるきけるあやしのさふらひのつけたりけるけしきのみえてしはふきたかやかにしてひとよりもけにゐいてゝしけれはしけゆきかうふんこそつけけにはへれといひけれはかたはらいたくみくるしきことなりとをしこめていはせさりけれはそのゝちなをえつけさりけれはしはしけしきしていはさりけれはしけゆきしきりにせめけれはいひいてたりけるためましたな《けイ》きしてあ

さみけりしけゆきき〵けるま〵にまひけれはためまさたへてきぬ〵きてかつけけるさと《まことイ》にさむけなりつるにたちまちにきてゐみまけてしあるきけるとそ申つたへたる

よりつな

かもかはをつるはきにてもわたるかな

のふつな

かりはかまをはおしとおもひて

ふたりくるまにのりてうちとのへまいりけるにあめのふりけるころにてかもかはのいたくみつのまさりたりけるにおとこのはかまをぬきてさ〵けてわたりけるを見てしけるとそ

きよいゐ

しはかきのきとこれをいふかも

ためなか

むめ《へイ》こそはくら《りイ》けのむまにおほせけめ

これは十月のつひたちころにもみち見にまかりけるにくりけなるむまにしはをおほせてあかくなれるかきをえたなからしはのうへにさしたりけるを見てしけるとそ

さねきよ

いぬたてのなかにおひたるゑのこ草こゝとみをきてのちにひかせん

なにゝあゆるをあゆといふらん

まさふさ

うふねにはとりれし物をおほつかな

ひのこあゆといふものをおこせたりけるをみてまへなりける人のいひけるとかや

かんぬしたゝより

ちはやふるかみをはあしにまく物か

しきふ

これをそしものやしろとはいふ

これはしきふかゝもにまいりたりけるにわらうつにあしをくはれてかみをまきたりけるを見てしけるとそ

よりみつ

たてかるふねのすくるなりけり

さかみかはゝ

あさまたきからろのをとのきこゆるは

これはよりみつかたちまのかみにてはへりける時にしとみあけゝるほとにまへのけたかはよりふねのくたりけるをいかなるふねのくたるそとゝひけれはしとみあけさしてはしりよりてとひけれはたてかりてまかるふねなりと申けるをきゝてしけるとそ

かねなか

をそろしけなるをにやなきかな

のりなか

みなくちはあしはらふかきこゝちして

うちとのゝ御ふねにたてまつりてふしみといふところへおはしましけるにをる《にイ》やなきといふきのもとすきさせたまひけるにしけるとそ

いゑつな

ふかを《くイ》さにをさなきちこのたてるかな

のふつな

そ《そイ》のかはらけのむまにくはるな

これはうちとのゝうちへおはしましけるにこせんしてすこし御祀《さきイ》たちてまかりけるにふかを《くイ》さのまへにてちこのふた
つはかりあ《なイ》りけるかおほちなかにはひいてゝやをらはひあかりてたてりけるをまへ○《をイ》とをるとて申けるをいゐつな
かゝはらけのむまにのりたりけるを見かへりてそのちこのまへに「いま」いきかかりけるときに申けるとかや

ゐやうゐん法師

たにはむこまはくろにそありける

ゐやうせい法師

なはしろのみつにはかけと見えつれと

田にくろと申ところのあるにむまの《にイ》もくろと申むまのあれはなはしろのみつにはかけと見えつるにくろにそありける
といふはまことにたくみなり

女はう

まなこゐのほりかねはかりふかけれは

たかくらのあまうへ

めみつかとこそあなつられけれ

人のやせてめのふかく見えけれはたはふれてせられけるにや

かねなか

なしといひつるたひは君はありけるは

つねひら

さかひよりきのふもてきたるなり

これはつねひらかいつみのくにゝしるところのさかひといふところありけるなりよきたひのつねよ《にイ》みえけるにこのころはれいのたひやあるとゝひけるにこのを《ほイ》とは見えすなんと申てほとへすとりいてゝはへりけれはしたりけるとそたはふれてくをあしくよみなしてあるをするゑにもまたくのあしきをことにてかたりつたへて候なめり

よりいゑ

あゆはたゝはたゝかちゝてまいらせよ

ゐやういむ法師

しふきよしとてまたなしふきそ

これはよりいゑかもとにて人〳〵あそひけるにあゆはたゝと申いをゝさかなにしてはへりけるにゐやういむと申ほうしのありけるにしふきといふさふ《うイ》じのものをさかなにてありけるかまことにあしくおほへけれとこれあしともいはて見ゐたりけるにあゆはたゝのいとよけなるを人《みなイ》〳〵くひのゝしりてかく申たりけれはきゝもあへすよろこひなからつ

けたりけるとかやいかのせんしやすなか「と」このさに候てかたり候しれんかはよのするゐにもむかしにもをとらすそ
みえ候
　　　　　　　　中納言殿
　かりきぬはいくのかたちしおをつかな
　　　　　　　　としつけ
　わかせこにこそとふへかりけれ
わかせことはおとこなりおとこはいかてかはしらんといふなん候とかやおとこは女をわかせことい女はおとこをわ
かせこと申也
　わかせこにみせんとおもひし梅花それ《そイ》ともみえす雪のふれゝは
これある人かをんなによす《めイ》る哥なり
　我せこかころもはるさめふることにのへのみとりそ色まさりける
これもつらゆきかうたてまつれとおほせありけるときよめる哥なりおとこきぬをはらむやはこれのみかは万集には
かよひてよめる哥あまた見ゆることしち《こゝイ》こそしはへれつまこそめといふもしをかきたれはおとこと申にくけれそれも
おとこをつまとよめる哥あまたあり

むさしのはけふはなやきそ若草のつまもこもれり我もこもれり
この哥もいせものかたりにおとこ女をぬすみてむさしのをゆくにこの〵にはぬす人こもりてのをやかむとしけるとき
女のよめるとかけり

けさはしもおもはん人はとひてましつまなきねやのうへはいかにも《と》
これはしきふかや《本ノマ、》すけ《まさイ》にすてられてなけきはへりける時ゆきのあしたによめる哥なりこれらを見れはおとこをもなと
か○《よイ》まさらん「と人申をんなをつまとは」也《本ノマ、》

わかことにちとりしはなくおきよ〳〵我ひとりつま人にしらせし
これも女の哥なれはさためもなし

春のよのやみはあやなし梅花色こそみえねかやはかくる〵
あやなしといふことははやくなしといふことはなりとそこの哥の心にてはみゆるをふたむら山もこえすなりにきとい
ふ哥の心にてはあやにくにこひしかりしかはとよめりとみゆこれらを見れはともかくも申へきにや

あひみぬもうきもつらきもから衣おもひしらすもとくるひも哉
したひもとくといふことにはまたさためなしこの哥の心にては人をうらむ人のしたひもはとくるときこえたり
こひしとはさとにもいはししたひものとけむを人はそれとしるなん

この哥の心は人にこひらるゝ人のしたひもとくるときこえたり

　めつらしき人を見むとてしか《りイ》もせぬ我したひものとけわたるらん

これはめつらしき人をみむとてとくるとそきこえたるさためなきことやあらむ

　時鳥鳴やさ月のあやめ草あやめもしらぬ恋をするかな

あやめもしらぬといふことはつねに人のいひならはしたることはなりよしあしもしらすといふことはなれはいかにもこと〳〵おほえすとよめるなりさ○《うイ》ふをあやめといふはさうふのなにはあらすあやめといふはひとつのくちなはのなゝりそのくちなはにゝたれはさうふをはあやめと申はたゝあやめとよみてくさといふもしよますはくちなはをよめる哥にてそあるへきなをさうふをよまはあやめくさとつゝくへきなりとそなかころの人〳〵申けるあやめみつあふといふこときこゆそれをおもへはさもときこゆ

　つくま江のそこのふかさをよそなからひけるあやめのねにてしる哉

これはらうせんほうしの哥なりこのうたよみたりけるをりに人〳〵さたしけるとそうけたまはる

　はちすはのにこりにしまぬ心もてなとかは露を玉とあさむく

はすをはちすといふもたゝいふにあらすはすのみのはちといふむしのすにゝたれははちすといふなりされはこれははちすといはすともたゝはすとよみてもありぬへし

もかみ川のほれはくたるいなふねのいなにはあらすしはしはかりそ

このかはゝいつものくにゝあるかはなりことのほかにはやき川にて四五日はかりにのほるをくたれはたゝ一日
そくなる《にそくたるイ》されはのほりさまにはかしらふりてのほりかたけれはいなふねとは申すとかやいねをつみたるふねを申とも
申にや

いたつらにたひ〳〵しぬといふめれはあふにはなにをかへんとすらん

かへし

しぬ〳〵ときく〳〵たにもあひみねは命をなにのたにかのこさん

あふにみをかふといふこゝろは心もえぬことなりうせなむのちにはあふともなにゝかはせんときこゆれとあはんこと
のたくひなくうれしかりぬへけれはそれをよくいひとらむとていふなめりかへしの哥にたにといふことははためにと
申すことはなり

きかはやな人つてならぬ言のはをみとのまくまひまてならすとも

みとのまくまひとはまことにしたしくなるといふことなり

見るからにかゝみのかけのつらき哉かゝらさりせはかゝらましやは

なけきこし道の露にもまさりけりなれにし里をこふるなみたは

この哥はくり《わイ》いゑんとあかそめとか王せうくんをよめる哥なりもろこしにみかとの人のむすめをめしつゝこらむしてみやのうちにするゑ《ゑイ》なめて四五百人とゐなめていたつらにあれとのち〳〵にはあまりおほくつもりにけれは御らんすることもなくてさふらふなる《りイ》ゑひすのやうなるもののみやこにまいりたりけるにいか〳〵《かイ》にかすへきと人〳〵におほせられけれはこのみやのうちにいたつらにおほくはへる人のいとしもなからんを一人たふへきなりそれしまさるこゝろさしあらしと申けれはさもとおほしめしてみつから御らんしてその人をとさためさせたまふへけれとも人のおほさにおほしめしわつらひてゑしをめしてこの人〳〵のかたちゑにかきうつしてまいれとおほせられけれはしたいにかきけれはこの人〳〵ゑひすのくにならんことをなけきてわれも〳〵とこかねをとらせそれならぬものをもとらせけれはいとしもなきかたちをもよくかきなしてもてまいりけるにわうせうくむといふ人のかたちのすくれてめてたかりけるをたのみにてゑしにものをもこゝろさゝてうちまかせてかゝせけれはもとのかたちにはかゝていとあやしけにかきてもてまいりたりけれはこれをたふへきにさためられぬそのこになりてめして御覧しけるにまと《まことイ》にたまひかりてえもいはさりけれは「これは」これをゑひすにたはむみかとおほしめしわつらひてなけかせたまひけれとゑひすその人をなんたまはるへきときゝてまいりにけれはあらためさためらるゝこともなくてなく〳〵たひてつかはしけれはむまにのせてはるかにゐていにけりわうせうくんなきかなしふことかきりなしみかともこひしさにおほしわつらひてかのわうせうくんのゐたりけるところを御覧しけれは春はやなきかせになひきうくひすつれ〳〵になきあきはこのはにはにつも

りのきのしのふひまなくてあはれなることかきりなしこれをきゝて哥によめるなりかゝらさりせはかゝらましやとよめるはわろからましかはたのまさらましとよめるなりふるさとをこふるなみたはみちのつゆにもまさるとよめるはわうせうくんかおもふ覧こゝろのうちをしはかりてよむ也このゐひすのやうなるものと申はこのくにのみかとのわかくにゝはよき女のなきにかたちよからん人たまはらんと申たりけるとも申たるふみありとかや

　思ひやれわかれしのへをきてみれはあさちか原に秋かせそふく

これは「やうくゐひといふは」むかしもろこしにくゐんそうと申みかとおはしけりも○《とイ》よりいろなとこのみたまひけるいみしくあいしたまひける女御きさきなとおはしけるきさきをは源憲《元献イ》皇后といひ女御をは武淑妃となむきこえたまひけるいみしくあいおはしけるほとにあいついてふたりなからうせたまひにけりそれをおほしなけきてこれらににたる人やあるともとめたまひけるに楊元《玄イ》琰といふ人のむすめありけるかたちよにすくれてめてたくなむありけるみかとこれをきこしめしてむかへとりて御覧しけるにはしめおはしける女御きさきにもまさりてめてたくなむおはしける三千人のてうあひ一人「に」のみになむありけるかくてめてたくおはしけるをもてあそひたまひけるほとによの中のまつりことをもしたまはすはるは花のもとにもてあそひ秋は月をともに御らむしなつはいつみをあいしふゆはゆき「を」ふり見たまひきこれによりて御いとまなくてこの女御の御せうとに楊國忠といふ人になん世のまつりことをはまかせてせさせたまひけるこれによりて世の中「なん」いみしくなけきていひける世にあらむ人はをのこゝはまうけ

すして女こをなんまうくへきとそいひけるをきゝてよの人のこゝろにしたかひてあむろくせ《さイ》んといふ人いかてみかとをあやふみたてまつりてこの女御をころさんとおもふこゝろありけり漁溟《陽イ》といふところにあそはせたまひけるほとにこのあんろくせ《さイ》んいくさをゝこしほこをこしにさして御こしのまへにふして申けるやうねかはくはそのやう貴妃をたまはりて天下のいかりをなく《たイ》めむと申けれはおしみたまはすしてこの女御をたひてけりあ《イ同》んろくたまはりてみかとの御まへにしてころしけりみかとこれを御覧してきもこゝろまとひなみたをよもになかしてみたまふにたえすそありけるかくてみやこにかへり給てくらひをは東宮にゆつりたまひてけりこのことをおほしなけきて春のはなのちるをもしらすあきのこのはのおつるをも見たまはすこのはゝにはにつもりたれともあへてはらふ事なしかくおほしなけくことをききてまほろしといふ道仕まいりて申さく我みかとのつかひとしてこの女御のおはしところもとめはへらむと申けれはみかとよろこひてしからはわかためにこの人のありところをたつねてわかことをつたへよこのみことをうけたまはりてかみはおほそらをきはめしもはそら《そこイ》ねのくにまてもとめけれともえつゐにたつねえすなりにけりある人のいはくひんかしのうみにほうらいといふしまありそのしまのうへに玉妃の大真院といふところありそれになむおはするといひけれはたつねていたりにけりそのときに山のはに月やう〳〵いりてうみのおもてくらかりゆくはなのとひらみなたてゝ人のをともせさりけれはこのとをたゝきけりあをきゝぬきたるをとめのひつらあけたるいてきたりていはくなんちはいかなるところよりきたれる人そまほろしこたへていはくみかとの御つかひなり申へきことあるによりてかく

はるかにたつねきたれるなりこのをとめいはく玉妃まさにねたまへりねかはくはしはらくまちたまへそのときまほろしてをたむけて《たらして》ゐたりよあけてこのまほろしをめしよせて玉妃のたまはくみかとはたいらかにおはしますやいなやつきには天寶十四年よりみ《こ》のかたけふにいたるまていかなることかありつるまほろしそのあひたの事をかたりいひけりかへりなんとしけるときにのそみてたまのかんさしをなむをりてたまはせけるこれをもちてみかとにたてまつれむかしの事これにておほしいてよとなむ申たまひけるまほろし申さくたまのかんさしはよにあるものなれはこれはたてまつらんにわかきみまことゝおほしめさしたゝむかしきみとしのひてかたらひたまひけむことの人にしられぬ事《ことイ》ありけむそれを申たまへさてなむまことゝおほすへきと申けれは楊貴妃しはらくおほしめくらしてのたまはく我むかし七月七日たなはたあひみしゆふへにみかとわれにたちそひていひたまひしはたなはたひこほしのちきりあはれなりき我もかくなむあらむとおもふもし天にあらはつはさをならへたるとりとならんちにあらはねかはくは連理のえたをさしましへたるきとならん天もなかく地もひさしくしてときをはることあらはこのうらみはめん〳〵としてたゆることなからむと申しゝとなんかたらひたまひけるかへりてこのよし申けれはみかとおほきにかなしひたまひてつゐにかなしひにたへすしていくほとなくしてうせたまひにけりとそいひつたへたるその楊貴妃かころされけるところへみかとおはして御覧しけれはのへに《の》あさちかせになみよりてあはれなりけんとみかとの御こゝろ○《本ノマ、のイ》うちをしはかりてよめる歌なり

人しれす思へはうけることのはもつひにあふせのたのもしき哉

これのふのりか女かりつかはしける哥なりけりこの哥の心はもろこしに呉招孝といひける人の九へ《九重》のうちよりなかれいてたるかはのなかれにあそひけるにかきのはのもみちしたりけるに詩をつくりてかきたりけるかなかれいてたりけるを見つけてみけるよりのち女のてにてありけれはいかなる人つくりけむとこの人のゆかしさにものおもひになりてすへきやうもおほえさりけれはその詩の和をつくりておなしかきのはにかきてそのかはのみなかみになかしけれは九へのうちにいりにけりそのゝちこひしきたひにこのかきのはの詩をとりいてゝみてなくよりほかのことなかりけりさてとしころをふるにかの宮のうちにこめられていたつらにとしをゝくる女御かすあまたつもりぬれはいとをし我も《をイ》たのめていたつらにとしをゝくるせう〳〵をはをの〳〵おやにかへしておとこをもせさせむとてかへさせたまひけりその一人かの招孝をむこにとりつ招孝かのかきのはに詩かきつけたる人のみこひしくていかにもこと〳〵せんともおほえさりけれとおやのすることなれは心にもあらすむこにはなりてけりこの女のおもふさまにてあはれに心くるしかりけれはかのあけくれこひかなしひつる人もやう〳〵おもひわすれてふるほとに女のいひけるは我か《わか人のイ》ものおもひ「人の」すかたにて見えしはいかなることそやねかはくは我にかくすことなかれ招孝こたへていはくわれむかし宮のほかにしてあそひきみつのうへにこのはのあるを見れは女のてにてひとつの詩かけりそれをみてのちそのてのぬしにあひあはんのおもひありて「けふ」いまにわするゝことなししかはあれときみにしたしくなりてのち「ことのち」ことの

ほかにおもひなくさめることありといへり女これをきゝてそのしはいかゝありし又そのしのわやつくりたりしといひけれはしかありきといひけれは女このことをきくになみたさきにたちてちきりをろかならぬことをしりぬそのしはみつからかせしなりわのし又みつからかもとにありといひてをの〳〵とりいてたるを見れはたかひにわかてにてあるに「みゆるに」おほろけのちきりにはあらすとしりぬそも〳〵いかにしてかわかしをはえしこのみいたつらに月日ををくることをなけきてかはのほとりにあそひきいはのはさまになかれとまりたるこのはを見れはひとつのしありもしありしわかしをみける人のつくりけるかとおもひてをきたりつるなりとそ申けるこれをきけはいもせ《本ノマヽ イ同》なからひはさきのよのちきりのおろかならぬよりおもひよることなれはあしよしともさたむへきにもあらぬことか

かきこしにむまをうしとはいはぬ《ねィ》とも人の心のほとをしる哉

この哥は四条の中納言のこしきふのないしのかりつかはしける哥なりうたの心はし《孔子ィ》のてしともをくしてみちをおはしけるにかきよりむまのかしらをさしいてゝありけるをみてうしよなとのたまひけれはてしともあやしとおもひてあるやうあ覧とおもひけるに顔回といひける第一のてし十六丁をゆきて心えたりけりひよみのむまといふもしのかしらさしいてたるをはうしといふもしになれは人の心を見むとてのたまひけるなりとおもひてとひ申けれはしかなりとこたへたまひけるつき〳〵のてしともはしたいに十六丁をゆきてそ心えけるされはそならねとも人の心をみるとよめるなり

みかのよのもちゐはくはしわつらはしきけはよとのにはゝこつむなり

「これはさねかたの中将の人のむすめをかたらひたりけるにもとより人に見えたりける人なれはいかに中将とのはつかしくおほしめすらんといひてむすめをはちしめけれはむすめはらたちてあらくいひけれははゝまたはらたちてむすめをつみけれはそ【ひたらさめりされはなをしらぬことなめり我は人よりもわろくよみ人よりもあしくしれるそとおもふへきなりそれそすゑにはかなうへきよのすゑの人は我はひとよりはよくしれるとおもへるなめりそれはかなふへからさることなりよのすゑはよくよめるものはみえすたゝあしくともこのむへきなりこのむものを歌よみといふなりたとひこのもしからすともかまへしりてこのみちにむつれしたしくなりてうとからぬものになるへきなりむけにとはぬ人になりぬれはのかれかたきをりにさとりてやはとてすれはことあたらしくてかほあやまりてすゝろはしきなりをのつからよきさまにいひたれとも人ほゝゑみてをこのものになりぬ後冷泉院の御時四条の宮の御ゆめさ】れをきゝてかの中将のよめる哥なりよとのにといふはつねのところをいふなり」〳〵はゝことといふはもちゐにするくさのなゝり人のむすめのはしめて人にみゆるはみえてのち三日といふにもちゐをくはするなりそれかさき〳〵も人に見えにけりとおもふにはくはせぬ也さることのありけれはよめる也

かるもかきふすゐのとこのいをやすみさこそねさらめかゝらすもかな

これはゐのしゝのあなをほりていりふしてうへに草をとりおほひてふしぬれは四五日もおきあからてふせるなりかる

もといふはかのうへにおほひたるくさをいふなりされはこひする人はいをねゝはさこそねさらめとよめるなり

あらたまのとしのやとせを待侘てたゝこよひこそ新枕すれ

これはいせものかたりの哥なりにゐといふはあたらしといふことなりまくらといふはおとこをいふなりおとこのゐなかへゆきにけるをよるひるまちけれともをともせてやとせになりにけれはうせにけるなめりとてあたらしくおとこをしたりけるよかのゐなかにありけるおとこのきてかとをたたきけれはおもひわつらひてよめる哥也

住よしの神はあはれと思ふらんむなしきふねをさしてきたれは

この哥は後三条院のすみよしまうてによませ給たる哥なりむなしきふねといふはみかとのくらゐさらせたまふをはむなしきふねと申ことのあるなりその心はふねにゝをつみたるはうみをわたるにおそれのあるなりにをおろしつれはおそりなくてやすらかにうみをわたるなりそれかやうにみかとのくらゐさらせたまひつれはよろつにおそれもなきふねをさしてまいりたれは神もあはれとおほしめすらんとおほしきに又はんにやのふねと申ことのあるなりその心は般若のふねして苦海をわたれは神佛のよろこひたまへはすみよしの明神もあはれとおをすらんとよませ給ひしなめり

白雲のおりゐる山とみえつるはたかねにはなやちりまかふらん

これはたゝみねに春うたゝてまつれとせむしありけるにつかうまつれる哥なりみつねこれをきゝてふさうおほきにあやまてりいかてかせんによりてそうする哥にくもおりゐるとはよまんみかとをはくものうへと申くらゐさらせたまふ

をはおりゐさせ給と申すくもおりゐると申てするゐにくも《ちりイ》まかふとよめりかやうのことあやまるへきものにははへらす
これはしかるへきことなりとそ申にあはせて世の中かはりにけるとそ申つたへたるよのするゐなれとほりかはの院の御
ときにてむしやうのをのこともをめして哥よませたまひけるにさ《のイ》たいへん長忠をめしてたいめしけるにゆめのゝちの
ほとゝきすといへるたいをたてまつりたりけるにをの〳〵みなつかうまつりてのちこのたいいとあやしゆめのゝちと
いへることはまか〳〵しきことなりこのよをはゆめのよといへはゆめのゝちとは後生をいふなりいかてかみかとのめ
さむたいにはゆめのゝちといふたいをはまいらせあけむこれしかるへきことなりなとよの人申あひたりしほとにその
けにやいくはくのほとなくてかくれおはしましにきその哥よませたまひし日はめしありしかといたはることありてえ
まいらさりき「それそたまさかにものよきこともし」
おなし御とき中宮の御かたにてはなあはせといふことのありしにそのみやのすけにてゐちせんのかみなり《かイ》さねかたま
のみとのといふことをよみたりしをよにいま〳〵しき事に人の申しかほとなくとりつゝきてうせたまひにしこそあや
しかりしかほりかはのゐんのはゝきさきの御ときにかうしんのよさふらひともみやつかさあつまりてうたよみけるに
のりときかりたいをこひにやりたりけれは月しはらくかくるといふたいをゝこせたりけるをの〳〵よみけれはくも
かくるとのみよみあひたりけれはまことにいま〳〵しきことにてうたともをすてゝけるとそきこえしそれもほとなく
かくれおはしましにき又いうはうもん「の」院の御時にねあはせといふことありしにすはうのな○《いか》しといふうたよみ

のわかしたもえのけふりなるらんとよめりしをよき哥なとよに申しを「人もゆひ」けふりのそらにたなひかんはよきことにはあらすと申しかはよみ人のためにそいか丶とうけたまはりしにほとなく院かくれおはしましてのちにそ哥よみのないしはひさしくありてかくれ候《しイ》かやうの事はよしなきことなれともこれらを御覧して御心つかせたまはんれうになり人に見せさせ給ましきなり

　心うき年にも有哉はつかあまりこ丶のかといふに春のくれぬる

これは四条大納言のいゑにてはるのくる丶を人〳〵あつめてくれぬるはるをおしむ心をよみけるになかたうかよめる哥なり大納言うちき丶けるま丶におもひあへす春は卅日やはあると申されたりけるをきてなかたうひかうをき丶はて丶やかていてにけりさて又のとしやまひをしてかきりになりにたりとき丶てとふらひにつかはしたりけれはよろこひてうけたまはりぬた丶しこのやまひはこその春のつくる日は卅日やはあるとおほせられしに心うきことかなとうけたまはりしにやまひになりてその丶ちいかにもの丶くはれ候はてかくなりて候なりと申けるさて又日うせにけり大納言ことのほかになけかれけるとそうけたまはりしされはかはかりおもふはかりの人の哥なとはおほつかなきことありともなむすましきれうにしるし申なり

ためよしも申《とイ》儒者のこにのふのりと申ものありきおやのゐちうのかみになりてくたりける時にくら人にてえくたらてかうふりたまはりてのちにそまかりけるみちよりやまひをうけていきつきけれはかきりなる《るイ》さまになりにけりおやま

ちつけてよろつにあつかひけれとやまさりけれはいまはのちの世の事をおもへとてまくらかみにそうゐてのちのよのことはちこくはひたふるになりぬちう〻といひてまたさたまらぬほとははるかなるくはうやにとりけたものたになきにた〻一人あるこころほそさこのよの人のこひしきなとのたへかたさをしはからせ給へなといひけれはめをほそめに見あけていきのしたにそのちう〻のたひのそらにはあらしにしたかふもみちかせにしたかふおはなこのもとにまつむしなとのこゑはきこえぬにやとためらひつ〻いきのしたにいひけれはそうにくさのあまりにあら〻かになにのれうにた《つイ》へぬるそと〻ひけれはさらはそれみてこそはなくさまめとうちやすみていひけれはそうこのことものくるをしとてにけてまかりにけりさる人心はへもありとしろしめさむれうにやくなけれと申なりおやありてめのはたらかんかきりはとてそひゐてまほりけれはふたつのてをさ〻けてありけれは心もえて見ゐたりけるにものか〻むとおほしめすにやと人の心えて申けれはうなつきけれはふてをぬらしてかみをくしてとらせたるけれはかきたる哥

　　みやこにもこひしき人のあまたあれはなをこのたひはいかむとそ思

はてのふもしをえか〻ていきたえにけれはおやこそさなめりとてふもしをはかきそへてかたみにせんとてをきてつねに見てなきけれはなみたにぬれはてはとれうせにけるとかや

　　みつうみとおもはさりせはみちのくのまかきの嶋と見てやすきまし

これはきむた〻の弁のこに観政そうつと観遊君といひける人あにをと〻くしてちくふしまといへるところへまいりけ

るにそのとしことのほかにあめふりておほみついてたりけれはおほつのつ《イ同》むのこいゑともみなうみにひたりてわつかにかき《のイ》のすゑはかり見えけるなるを《かイ》わけゆきけるをみて観遊君かよみてそうつにかたりけるなりこの哥のかへしをよむへけれとおほきなるなんありさあれはかへすましと申けるにさらになむおほえはへらすといひてふたりろむしけるをの〳〵おやの弁に申て一定せんと申て京へかへりけるまゝにいきてかゝることなむはへりしとかたりけれはおやの弁きゝてよく〳〵あむしてとみにものいはさりけれはをの〳〵いふかりおもひてのひあかりつゝとくきかまほしけにてゐたりけるによく〳〵ほ《イ同》しめてとはかりありてなとかさもいはさらむ又なむもいはれたりとそはむしけるなんはまかきのしまとみてはすきかたしとこそいはめまかきのしまにはちを見するなりとそなむしけるこれまたさせることなけれとかやうのことくにてこのころのうたをさためむれうにかけるなり

　霰ふるかたのゝみのゝかり衣ぬれぬやとかす人しなけれは

　ぬれ〳〵もなをかりゆかんはしたかのうはゝのゆきをうちはらひつゝ

これはなかたうみちなりと申うたよみとものたかゝりをたいにするうたともなりともによきうたにて人のくちにのれりかの人〳〵われも〳〵とあらそひてひころへけるになをこのことけふきらむ《かイ》とてともにくして四条の大納言のもとにもうてゝこの哥ふたつたかひにあらそひていふにことされすいかにもけふはんせさせたまへとをの〳〵申けれはかの大納言この哥をしきりになかめあむしてまことに申たらむをの〳〵はらたゝれしやと申されけれはさらにともかく

もおほせられんにはらたち申へからすそのれうにまいりたれはすみやかにうけたまはりてまかりいてむと申けれはさらはとて申されけるはかたの丶みの丶と○《いへるイ》哥はふるまへるやうたいもしつかひ《にイ》まことにおもしろしはるかにまさりてきこゆしかはあれともろ〳〵のひか事なりたか丶りはあめふらむはかりそえ《えイ》せてとまるへきあられふらむはかりによりてやとかりてとまらむはあやしきことなりあられなとはさまてかりころもなとのぬれとをりておしきほとにはあらしなをかりゆかんとよまれたるはたか丶りのほいもありまことにおもしろかりけむと申されけれはみちなりたちてまひかなて丶いてにけり

哥のやつのやまひのなかにこうくりい《わイ》のやまひといふものありうたをすみやかによみいたしてのちよきことはふしをおもひよりてかくいはてなとおもひてくひねたかるをいふなりされはなを哥をよまんにはいそくましきなりいまたむかしよりとくよめるよきことなしされはつらゆきなとはうたひとつを十日廿日にそよみけれ《る》た丶しか《かくはイ》はあれとをりにしたかひときに「したかひて」よるへしとそ

おほえ山いくの丶里《みちイ》のとをけれはまたふみも見すあまのはし立

これはこしきふのないしといへる人の哥なりことのをこりはこしきふのないしはいつみしきふかむすめなりそのいつみしきふかやすまさかめにてたんこにくたりたりけるほと京にうたあはせのありけるにこしきふのないしうたよみにとられてよみけるほとに四条中納言さたよりといへるは四条大納言きむたうのこなりその人たはふれてこしきふのな

いしのありけるにたんこへつかはしゝ人はまいりたりやいかに心ほとなくおほすらむとねたからせんとて申てたちけれはないしみすよりなからすきいてゝわつかになをしのはたそてをひかへてこのうたをよみかけゝれは中納言こはいかにかゝるやうやはあるとてついゐてこのうたかへしせんとてしはしおもひけれとえおもひえさりけれはひきかへりてにけにけりこれをおもへは○《心イ》とくよめるもめてたしみちのふの中将のやまふきのはなをもちてうへの御つほねといふところをすきけるに女はうたちゐこほれてさるめてたきものをもちてたゝにすくるやうやあるといひけれはもとよりやまうけたりけん

　くちなしにちしほやちしほそめてけり

といひてさしいれたりけれはわかき人〳〵えとらさりけれはおくにいせたいふかさふらひけるをあれとれとみやのおほせられけれはうけたまはりてひとまのほとゐさりいてけるにおもひよりて

　こはえもいはぬはなのいろかな

とこそつけたりけれこれをうへきこしめしてたいふなからましかははちかましかりけることかなとそおほせことありけるこれらをおもへは心とくよめるもかしこきことなりこゝろとくうたをよめる人はなか〳〵ひさしゝよめはあしくよまるゝなり心をそくよみいたす人はすみやかによまんとするもかなはすたゝもの心にしたかひてよみいたすへき也

　いにしへのいゑのかせこそうれしけれかゝることのはちりくとおもへは

後冷泉院御時に十月はかりに月のおもしろかりけるに女はうたちあまたくしてあそはせたまひけるにかへてのもみちをらせたまひていせたいふかむまこのありけるになけつかはしてこのなかにはをのれそせんとおほせられけれはほとなく申ける哥なりこれをきこしめしてうたからはさるものにてと《さイ》きこそおそろしけれとそおほせられけるこれはせう〳〵のふしをくれたりともとくよむへしともおほゆをそくよみてよきためしは申へからす

のういむ法師は哥をうかひして申さうしなともてあらひてそひろけゝる「たゝうちするかとおもひけれと」さぬきのせんしかねふさと申人ののういむをくるまのしりにのせてまかりけるに二条とひむかしのとう院とはいせかいゐにてありけるにねの日のまつのありけるをさきをむすひてありけるかおひつきてまことにおほきなるまつにてちかうきてありしかすゐの見えけれはくるまのしりよりまとひおりけれはかねふさのえ《卿イ》こゝろもえていかなることそとたつねけれはこのまつのきはかうみやうのいせかむすひまつに候はすやそれかまへをはいかてかくるまにのりなからはすきはへらんといひてはるかにあゆみてすゐのかくるゝほとになりてこそはくるまにはのりけれ又うこむのたいふくにゆきと申うたよみたちのみちのくにへくたりけるにうたよみともあつまりてせんしはへりけるにしらかはのせきすきむひはみ《水》つひんかきてうちきぬきなむとしてすきよとをしへけれはいかなれはさはすへきそくにの人のあつまりてみるかととひけれはいかてかこののういむほうしかあきかせそふくしら河のせきとよみたらむせきをはけなりにてひんふくためてはすきたまはんそといひけれは人〳〵わらひけりとかやさる《りイ》ともこのみちをこのまんとおほさむはさやうにし

てそうたよまれたまはんとそ申けるされはこのみちをこのまん人はよのすゑなりともかしこまるへきなりうたのよきあしきをしらんことはことのほかのたいしなめり四条大納言のこの中納言のしきふとあかそめといつれかまさるそとたつね申されけれはひとつくちにいふへきうたよみにあらすしきふはひまこそなけれあしのやへふきとよみたるものなりいとやむことなきものなりとありけれは中納言はあやしくおもひてしきふかうたをははるかにてらせやまのはの月と申すうたをこそよの人はよきうたとは申すめれと申されけれはそれそ人のえしらぬことをいふよくらきよりくらきみちにそいりぬへきといふは法花経のもんにはあらすやされはいかにおもひよりけむともおほえすこやとも人をといひてひまこそなけれといへることはほんふのおもひよるへきことにもあらすいみしきことなりとそ申されける天とくの哥合にもねさめさりせはといふほと〻きすの哥《こイ》にそはほと〻きすのうたのなかにはえもいはぬうたにては候へとも人ならはまてと「は」いはましをといへる歌はこのころの人のうたにとりても《もイ》こしつ〻きなともてつ〻けにてわろき哥と申へきうたなるをおなしほとのうたとさためられたりこれをおもへはいまやうの人のよしあしといへるはそらをそろしきことなめりさりとてはよむはかりにてはものもいはてやはあるへきとてた〻人まねに申なめり京極殿にしやうとうもん院のおはしましけるときみなおもて花さかりなりける時ひかくしのまのほとにけたかくかみさひたるこゑしてこほれてにほふはなさくらかなとなとめ《かイ》けるこゑをきこしめしていかなる人のあるそとて御覧しけれはとにも人のあるけしきにも見えさりけれはをちをほしめてうちとのにいそき申させたまひけれはそこのくせにてつねにな

かめはへるなりとそ申させたまひけるされはもの〻れいなとのめてたきうたとおもひそめてつねになかむらむはまとによきうたなめりとおもへはわつかにしういせうはかりにいりたりことものには見えす』以下五葉一本ニハナシよの人もさまてはおもひ＊わかしとてその御いのりせさせたまはんとてあからさまに東三条とのにいてさせたまひけるにときのきさきのめつらしくさとにいてさせたまひたりけれはかんたちめてんしやう人のこるなくあつまりてあそひてあすは人〱まいりあつまりていけのふねのりてあそはんなときして宮つかさをめしてあすも人〱まいりて御ふねにのりてあそはんとす御ふねにやかたなとしてふねさしなとまうけ候へとおほせられけれは又この人たちみなきかれぬけふなき人〱にこのよしつけ申せと蔵人におほせくたしてみなまかりいてぬ宮つかさあつまりて御ふねはいか〻すへきもみちをおほくとりにやりてふねのやかたにしてふなさしはさふらひのわかくきよけにてことかなひたるをさしたりけれはにはかにかりはかまなとそめなとしてきしめきけりその日になりて人〱みなまいりつとひぬ御ふねはまうけたりやなと〻ひけれはみなまうけて候と申てそのときになりてしまかくれよりこきいてたるを見れはなにとなくひたてりなるふねそこきいてたるみれはなにとなくおもしろかりけり人〱みなのりわかれて管絃のくとも御前に申いて〻そのことする人〱のまへにをきつやう〱さしまはるほとにみなこのふけむたうのうちにうちのそう正そうつのきみとて御修法して候けるにか〻ることありとてもろ〱のそうたちわかきをとなとあつまりてにはにゐなみたりわらへしもほうしにいたるまて〻うはなとさうすきてさしのきつ〻むらかれゐたりそのなかに良暹と申うたよみありけるを殿上人見し

りてあれは良暹かさふらふかとゝひけれは良暹めもなくゐみてひらかり候けれはかたはらにわかきそうのさに候と申けれはあれふねにめしのせてれんかなとせさせんはいかゝあるへきといまひとつのふねの人〳〵に申あはせけれはいかゝあるへらんのちに人やさらてもありぬへかりけることかなとや申さんとありけれはさもあることゝてたゝさなかられんかなとはせさせてむとさためてちかくこきよせて良暹さりぬへからんれんかなとしてまいらせよと人〳〵申されけれはさるものにてもしさやうのことやあるとてまうけたりけるにやきゝけるまゝにほともなくかたはらのそうにものをいひけれはそのそうことゝ〳〵しくあゆみよりて

もみちはのこかれて見ゆるみふねかな

と申候なりと申かけてかへりぬ人〳〵これをきゝてふねにきかせてつけゝるかをそかりけれはふねをこくともなくてやう〳〵つゝしまをめくりてひとめくりかほとにつけんとしけるにえつけさりけれはむなしくすきにけりいかにほそしとたかひにふね〳〵あらそひてふためくりになりにけりなをえつけさりけれはふねをこかてしまかくれにてかへす〳〵もわろきことなりこれをいまゝてつけぬはみなくれぬいかゝせんするといまはつけんのころはなくてつけてやみなんことをなけくほとになにこともおほえすなりぬことゝ〳〵しく管絃のものゝく申をろしてふねにのせたりまことにいさゝかゝきならす人もなくてやみにけりかくいひさたするほとにふけんたうのまへにそこそはくおほかりきわか人みなたちにけり人〳〵ふねよりおりておまへにてあそはんなとおもひけれとこのことにことたかひてみなにけてをの

〱うせにけり宮つかさ御まうけしたりけれといたつらになりてやみにけりかりあれは蔵人うちにまいりてはへりけれはうちきこしめしておまへにめしてさていかなることともかありつるとゝはせ給けれはこのことゝにをありつるやうにしたいにかたり申けれはみかとおほきにおとろかせたまひてこのこときくに人〱のはちにあらすわかはちにこそあなれとなにかゝたるとていらせたまひにけり蔵人にかりてたちにけりそのゝち人〱いきあひつゝなけくよりほかのことなかりけりとのはうちにおはしましけるほとにてしはしきこえさりけるほとにつゐにきこしめしてひと日みくるしきことや候けるなをさやうのことはつねのふなと候はぬけなりわかきものとものあふなきはかゝるはちかましきことの候なりと申させたまひけれいよ〱うちなけかせたまひけりこのことをこのむものはあやしけれともおもなくいひいてつゝうちわらひてやみぬるものなりその日もつけたる人はありけめともこのまぬ人はつゝましさにはななとにはえいひいたさてほとへぬれはやかてこもりぬるなりされはなをよしなきことなれとかやうのおりのれうにおもなくこのむへきなり

天保九年戊戌正月二日以一本校合了　岩崎美隆

（一本コノ奥年ナシ）壽永二年八月二日於紫金臺寺見合了依知足院入道殿下命奉為賀陽院俊頼朝臣所作今顕家朝臣本号俊秘鈔

自教懿御僧相伝之　智範之

明暦二年八月中旬以類本令校合早　方則

解題

はじめに

俊頼髄脳研究会では、これまで「俊頼髄脳」の伝本の翻刻影印の刊行につとめてきた。『顕昭本俊頼髄脳』（一九九六年三月刊私家版）は京都大学附属図書館蔵「無名抄俊頼」の、『唯独自見抄』（一九九七年十二月刊私家版）は島原図書館松平文庫蔵「唯独自見抄」の翻刻であり、『国会図書館蔵俊頼髄脳』（和泉書院影印叢刊九二）はその影印である。この度、引き続き関西大学図書館蔵「俊秘抄」を底本としてその翻刻を行うものである。所謂略本系に属する当該本は、明暦二年校合の奥書をもち、同系統における善本である。以下、簡略な解説や底本の書誌などを記していきたい。

一

底本とした関西大学図書館蔵「俊秘抄」は、赤瀬知子氏「『俊頼髄脳』における享受と諸本―諸本論のための試論―」（『国語国文』一九八二年八月）が略本Ⅱ類と分類した系統中の一本である。略本Ⅱ類本について、赤瀬氏は三十二本を挙げる。(注1)うち「唯独自見抄」の書名を持つ三本（書陵部本、松平文庫本、彰考館文庫本）は、別類にするのが適当である（俊頼髄脳研究会編『唯独自見抄』解説参照）。略本Ⅱ類の本文は、広本系統と比べる時（『国会図書館蔵俊頼髄脳』解題参照）、久曾神昇氏や赤瀬知子氏などがすでに指摘している通り、また両氏の指摘するほかにも、異名一覧の後に続く箇所やかやり火の注文に目立った異文が認められるなど、対立する本文がある。これらの異文の存在は『俊頼髄脳』の読解において注意すべきであろう。今回翻刻した関西大学図書館蔵本は、坤巻末尾に明暦二年（一六五八）校合の奥書が見え（それ以前の本文を伝えるとすると当該伝本中最も古い書写年代になる）、さらに天保九年の岩崎美隆による丁寧な朱書異本校合もあって、略本Ⅱ類の伝本中で、その基準となるべき良好な本文をもっている。以下、略本Ⅱ類「俊秘抄」の特徴について述べておきたい。

（1）錯簡について

まずは、錯簡について述べる。関大本も含め、本系統の諸本には「みかのよのもちゐは…」（四二九番歌）の注文中と巻末部分に錯簡がある。同系統の諸本の多くが、その原型をひとつにする証左となる。ただし厳密には、彰考館文庫蔵「俊秘抄」、東京大学総合図書館蔵「無名抄」（明和九年田代更生写）、京都大学文学部蔵「無名抄」は錯簡をもたない。この非錯簡三本は、錯簡が生じる前の形を伝えているとも考えられるが、(注2)錯簡のある諸本との関係は、ひとまず同系統と認められるものの、後者二本には他系統本文の混入も確認され、異同も多く簡単に論じられない。なお、後者二本について、池田富蔵氏『源俊頼の研究』に紹介解説がある。

本翻刻に際して、錯簡部は、坤巻本文中に次のような符号によって便宜上示した。翻刻本文133頁4行から9行までの【　】内の一節は、143頁2行の＊印の位置にあるべきで、すなわち、「よの人もさまてはおもひ＊わかしとて」の「おもひ」は「【ひたらさめりされはなをしらぬことなめり…」に続き（「ひ」が重複するのは錯簡後の処理の結果であろう）、「…後冷泉院の御時四条の宮の御ゆめさ】」の後に「わかしとて」以下が続く形に、本文理解上、修訂されるべきである。

因みに、関大本のイ本校合によると、校合に用いた「一本」では、錯簡部を含む二箇所、つまり四二九番歌の注文の前半と巻末部分をもたないとする。

(2)「或本」校合について等

錯簡の存在は、この系統の諸本の原型を限定できる特徴だと思われるが、さらに、次の①～⑫に挙げるように「或本」校合を記していることもその特徴である（カタカナによる比較的長いイ本注記もあるのだが略す）。伝本により、記載のない場合や「本文」化している場合などもあるのだが、総じてこの系統本文の特徴として指摘でき、その原型をひとつにすることの現れとも考えられる（ちなみに関大本では⑤⑦を落としている）。以下、その位置を翻刻本文頁数で示す。

①20、②32、③34、④41、⑤42〔5行目「きゝつかぬやうにきこゆ」に傍書して「サラテモアリヌヘキコトナメリ或本」とある。関大本は欠く、いま内閣文庫本で補う。〕、⑥44、⑦45〔13行目に傍書して「或本云タレトテカマウスサトハイツコソナト、ヒタラムカヘリコトソカクハスヘキトオホユレトアシカラム古今ニイラムヤハ云云」とある。関大本は「已下別也」「已上別也」と異同の範囲を記すが傍書を欠く。いま内閣文庫本で補う。〕、⑧46、⑨48、⑩60、⑪63、⑫68

以上のうち、①⑤⑦⑧⑨は、近似した本文が「唯独自見抄」にだけみえる。②③④⑩はその本文系統不明（②は略本I類の一本にみえるが）、⑪⑫は広本に近いというわけで、現存伝本中にすべて合致する一伝本は見当らない。しかし、「唯独自見抄」にのみ一致する本文があることは注意してよいだろう。なお、この「或本」校合は、前述の錯簡を持たない伝本にも見られる。いまのところ校合の時期は不明とせざるをえない。

*　　　*

なお、本系統の伝本の多くは、関大本同様、寿永二年八月二日の見合云々の奥書を載せているが、国文学研究資料館蔵「俊秘抄」、酒田市立光丘図書館蔵本、神宮文庫蔵「俊頼髄脳」などは奥書を持たない。また、内閣文庫蔵二本や書陵部蔵「俊秘抄」、彰考館文庫蔵本などは寿永二年見合の奥書のみで智範相伝の奥書を持たない。これら奥書の問題も含めて、残された課題は多い。

二

関大本は岩崎美隆《いわさきよしたか》文庫旧蔵書である。岩崎美隆は、通称清平、藤門《ふじのかど》、杠園《ゆずるはその》と号す。河内国花園（現東大阪市花園）の人、村田春門《はるかど》門人で、加納諸平や伴林光平とも交流があった。弘化四年（一八四七）七月十六日没、享年四十四歳。著書に藤門雑記、杠園詠草、詞之山口などがある（関西大学図書館蔵）。枕草子研究史上、評価の高い枕草紙杠園抄《こうえんしょう》は、美隆が春曙抄にその見解を書き込んだもので、杠園抄の名目は折口信夫が纏め、公刊した際に名付けたもの。昭和五年刊『国文学註釈叢書』第十七巻所収「杠園抄解説」（折口信夫講）は、美隆の人となりをよく伝えている。岩崎美隆文庫蔵書については「関西大学所蔵岩崎美隆文庫・五弓雪窓文庫目録」（関西大学図書館シリーズ第十五輯　昭和五十一年三月二十日発行）が詳しい。

(1) 傍書・頭書について

関大本は坤巻末尾奥書より「明暦二年」に校合した旨の奥書がみえる。そのため、それ以前書写の本文（あるいはその写し）に、天保九年（一八三八）に別本との校合を岩崎美隆が朱書したものと想定しうる。とすれば墨書による校合と朱書校合は区別すべきであろう。しかし、凡例にも記したように、翻刻本文の煩雑を考慮して傍書における朱墨の区別を示していない。ここで、あらためて触れておきたい。乾巻と坤巻を便宜的に分けて（両巻の違いでもある）、それぞれ「該当する傍書…頁・行」で示す。

〈乾巻の場合〉

「〜イ」とあるものはほとんどが朱で、「イ」と記さない傍書、漢字に付された訓みや「〜歟」「本ノマ、」などは、墨書である（ただし、「イ」のない朱傍書は、ら…1頁・11行目、いへ…13・1、と歟…29・14、は…31・14、か…44・11、と…44・14、塩…49・14、ふ…53・11である。なお39頁・12行の本文中「よき哥に」の「に」は朱書き、底本では行末にあるため、本文中に挿入された形になっており、翻刻もそう判断した）。

「〜イ」の形で墨書であるものは次の通り。本系統他本にもみえる場合で、カタカナ書きが目立ち、多くは美隆の校合とは区別すべきものと考えられる。

河内イ…3・5、かイ　かし　だてイ…4・10、御返事ならてイ本…5・3、まイ　れイ…5・6、ヲキイ…10・1、コノイ　る…10・7、なりイ…13・2、にイ…13・4、歳イ…13・8、ものイ…14・2、そ　きイ…16・10、ハカナクテイ…19・4、ハイ…21・12、ホリヱイ…24・3、よもイ…28・12、春さくイ…34・11、ソ　イ　ルイ…34・12、くもれイ…35・4、身イ…35・11、とめイ…36・1、クルイ…36・5、きイ…36・11、にし　イ…36・14、カツイ　ツライ　とイ…37・1、イマコンイ本ニ…41・9、ふるイ…41・10、のこイ…48・3、タ　イ…50・10、イイ…50・11、タイ…50・14、ヒルハフカテヨルフクカセナリイ　ヲンナノ〜ヨムヘシイ…53・13、カホカニカセノ〜ヨマサルヲハイ本…54・1、家によひあつめてイ…54・4、きみイ…56・11、マロイ…56・12、ユキイ本…66・3

〈坤巻の場合〉

乾巻に比べ墨傍書は少なく、引用歌の頭に記された合点（73・4、74・1、75・1、75・8、77・4、78・2）や「本ノマ、」以外では、墨傍書は次の通り。

趙葛…75・2、胡城…75・8、カイリツ…75・9、ケン…76・3、ヘンクハ…77・4、セウカウふりて…77・11、遍照寺…83・8、キ…83・11、餓鬼…106・12、いか…135・14

＊　　＊

乾巻の初めあたりには、頭部分の余白に岩崎美隆によると思われる次のような注が書き込まれている。適当な位置を翻刻本文の頁・行によって示す。参考に朱墨の別、底本の丁数をあわせて記す。

*此一件此抄の序文なり…1・4　墨、一丁表

*此書名或ハ俊頼髄脳トモイヘリ…1・4　朱、一丁表

*手名槌足名槌稲田姫父母素戔嗚尊稲田姫をよはゐ給ふ時姫の哥日もくれぬさくさめのとじにて出よ心のヤミに我まとはすなサクサメ刀自は尊（ミコト）ノ媒せし人也…2・12　墨、三丁裏から四丁表

*聖徳太子…3・2　墨、四丁表

*あはせたきものすこしと云十文字を句の上下に置也…5・1　朱、六丁裏

*万葉に短哥と云は普通三十一字の哥也こゝに短哥といへるは長哥也貫之万葉を見誤りて古今集に短哥としるせるを後人鑿説をくはへて何かと云也貫之の比は万葉の和点なかりし故むまくよみえさる歟後撰集の選者五人にあふせてはしめて和点をくはへしめられたりこれより万葉は人よくよむことを得たる歟古今集には万葉の哥を入さるよし序にかけれ共誤て数首入是万葉を見しらぬ故也…5・11　墨、七丁裏から八丁表

（2）関西大学本「俊秘抄」底本書誌

○所蔵　関西大学図書館「岩崎美隆文庫」。

○請求番号　911.2041/M1/1-1/2

○帙題「俊頼秘抄」（L12/911.2041/M1/1-1/2)

○装丁など　袋綴写本乾坤二巻二冊。楮紙、大本。岩崎美隆校合本

以下、各冊について記す。

〈乾巻〉
○外題　表紙左肩に墨直書。「俊頼秘抄　乾」
○内題「俊秘抄　上」
○請求番号　911.2041/M1/1-1
○大きさ　縦二七・三糎×一九・三糎。
○表紙　蘇比色地渋引文様に、表右下から裏左下にかけて梅古木を手書。裏には更に飛鳥を描く。
○紙数　遊紙前後各一丁。墨付九七丁。
○行数　一面一〇行書。
○奥書　朱書にて「天保九年戌正月元日以一本校合了　岩崎美隆」。また左下に朱書「方則」とあり。
○印記「関西大学図書館蔵書」角朱印の他に、表遊紙に「岩崎美隆文庫」長方朱印あり。
〈坤巻〉
○外題　表紙左肩に墨直書。「俊頼秘抄　坤」
○内題「俊秘抄　下」
○請求番号　911.2041/M1/1-2
○大きさ　縦二七・一糎×一九・五糎。
○表紙　蘇比色地渋引文様に、表には右下に山寺遠景図、裏には左下に川に草花を手書する。
○紙数　遊紙前一丁、墨付一〇七丁。
○行数　一面一〇行書。
○奥書　一〇六丁表に朱にて「天保九年戊戌正月二日以一本校合了　岩崎美隆」とあり。また一〇七丁裏に本奥書

「明暦二年八月中旬以類本令校合畢」が墨書され、左下に「方則」と朱書あり。

○印記　「関西大学図書館蔵書」角朱印の他に、表遊紙に「岩崎美隆文庫」長方朱印あり。乾坤とも、見返しに「請求番号」、「関西大学図書館蔵書」朱角印、整理日付・番号印を押す。末尾にも朱角印あり。整理印によれば昭和三十二年十月十二日付で関西大学に整理収蔵されている。乾坤とも別筆による写し。

おわりに

明治四十三年に刊行された『歌学文庫』に「俊秘抄」が活字翻刻され収載されている。その「緒言」では内閣文庫本に拠れりとするのだが、現存の内閣文庫蔵の二本（甲が乙の転写本）とは異なった本文であり（現存本は校合されたイ本に近い）、何に拠ったのかも不明である。その本文は、少なくとも「俊秘抄」の本文を代表するものとは言えない。多くの諸本が現存し、広く流布したと目される「俊秘抄」も、十分に本文の検討がなされてこなかったのである。俊頼髄脳研究会の成果のひとつである本書が、略本系の活字本として広く活用されることを期待する次第である。

なお、本書は、『相愛国文』14号・15号に本研究会編「略本系「俊頼髄脳」の研究」として掲載した原稿を元としていることを付記しておく。

最後に、『俊秘抄』の翻刻を許可された関西大学図書館ならびに、いろいろお世話いただいた同図書館の関係各位、本書の刊行をお許しいただいた和泉書院廣橋研三氏に、研究会一同心より篤くお礼申し上げる。

（注1）赤瀬氏の挙げる伝本は次の通り。氏の表記を一部あらためる。
国文学研究資料館初雁文庫「俊頼髄脳」、国文学研究資料館久松文庫「俊秘抄」、国立国会図書館「俊秘抄」、内閣文

庫「俊秘抄」、同「俊秘抄」、静嘉堂文庫「俊頼口伝」、宮内庁書陵部「俊秘抄」、同「錦木」、同「唯独自見抄」、同「無名抄」、岡山大学図書館池田文庫「無名抄」、関西大学図書館岩崎文庫「俊秘抄」、九州大学図書館「俊秘抄」、京都大学文学部「俊頼卿口伝」、同「無名抄」、東京大学総合図書館「無名抄」、同「俊頼髄脳」、東京大学国文学研究室「俊頼口伝」、早稲田大学附属図書館「俊頼口伝」、大洲市立図書館矢野玄道文庫「俊頼口伝」（下巻のみ）、刈谷市立図書館村上文庫「俊秘抄」、同「俊頼髄脳」、酒田市立光丘図書館「俊秘抄」、島原市立図書館松平文庫「唯独自見抄」、彰考館文庫「唯独自見抄」、同「俊秘抄」、神宮文庫「俊頼無名抄」、同「俊頼髄脳」、尊経閣文庫「俊頼口伝」、天理図書館「俊頼口伝」校合本、賀茂別雷神社三手文庫失題名本、陽明文庫本「俊頼口伝集」（零本）

その他、管見の伝本に次のようなものがある。

　筑波大学附属図書館「俊頼髄脳」、中京大学附属図書館「俊秘抄」、京都女子大学附属図書館谷山文庫「俊秘抄」、同「俊秘抄」、龍谷大学附属図書館写字台文庫「俊秘抄」、岡山大学附属図書館小野文庫「俊頼髄脳并に家集」、柏崎市立図書館中村文庫「俊秘抄」、中田光子氏「無名抄」、加州大学バークレイ校三井文庫「俊頼髄脳」（後半欠、四冊形態の半分か）

また、未見ながら、「日本歌学大系」の解題によれば、久曾神昇氏「俊秘抄」明暦二年校合本、同氏「俊秘抄」零本があり、伊倉史人氏和歌文学会例会資料（一九九五年五月）によれば、S氏「俊頼口伝」（岸本由豆流旧蔵本）がみえる。

（注2）　東大本、京大本には丁度錯簡部分の一文、133頁4行、9行の「そ（〔…〕）れをきゝて」が欠けており、修訂の跡を示唆するとも考えられる。又、彰考館本には133頁10行の「つねのところをいふなり∧はゝことといふは」がなく目移りによる脱文と思われ、他の書写も必ずしも最善とはいいがたい。

校訂一覧

底本には、美隆の手によって他本との校合、字体明記による傍書で本文の整定がなされているが、それでもなお、活字翻刻にあたって判読しづらくそのまま誤字とせざるを得ない場合や衍字とみとめられるような表記がみられる。以下にいくつかについて同系統の内閣文庫蔵本により校訂表にして示す。なお不審のある場合は参考までに定家本(和泉書院影印叢刊92『国会図書館蔵俊頼髄脳』による)を併記した。

〈俊秘抄　上〉

頁・行	関大本	内閣本
8・12	わたりありてなり	わたりありてなり わたりありく也(定)
13・3	亭主院哥合	亭子院哥合
19・6	たゝきやまても	たゝきやたまても
24・6	めはれあなうしと	めはれなしと あはれあなうと(定)
27・5	いくのみるめは	いくのみるめは いそのみるめは(定)
46・9	ナラスシモ	カナラスシモ
48・8	ノカハ	ヰヌモノカハ
50・13	つるのま	つかのま
54・4	かつをさためて	かすをさためて
57・9	たるはらに	たかはらに
61・1	色もしは	いつもしは
67・1	あすきへもかも	あすさへもつ あすさへもかも(定)
68・13	さくさめのはし	さくさめのとし
70・4	なきよけりけめ	なきよそりけめ なによそりけめ(定)
71・2	くつゝいたさぬ	くつていたさぬ
3	きさゝいの宮の	きさいの宮の

〈俊秘抄　下〉

頁・行	関大本	内閣本
73・14	あらたまの	あらたまの あしたまも(定)
74・3	あやにてに	あやにくに
75・4	ころみむとて	ころみむとて こゝろみんとて(定)

79・11	かかなしさに	かなしさに
80・13	かつしてあるへき	くしてあるへき
82・12	ころこひける	よろこひける
84・11	この哥そくのきさきの	このうたそそのきさきの
88・3	いひかしかは	いひしかは
91・2	かすかのにの	かすかのに
		かすかのにのみ(定)
13	そかかきくとは	そかきくとは
92・14	ならしかせをに	ならしかせには
		ならしかほには(定)
14	いをりてをこする	おりてをこする
93・12	もとめてはん	もとめてはん
		もとめくはん(定)
95・7	いへてふね	いゐてふね
		いつてふね(定)
11	やこそかならめ	めこそかならめ
		めこそかるらめ(定)
97・10	秋風そ晴	あきかせそ吹
99・4	としのふる	としのふか
11	うひはいをのなゝり	こひはいをのなり
100・3	かんなきのならり	かんなきのなゝり
103・5	をとつれうさせたまひ	をとつれ申させたまひ
14	ことたりこと	ことたかこと
104・6	まとのき	まとのき
		まことの木(定)

105・12	ほしいゐををそ	ほしいゐをそ
106・14	をかきたいりて	をかきたいりて
		おかきたはりて(定)
107・11	きみゆるは	きこゆるは
116・3	みゆからな	みゆるかな
123・4	おをつかな	おほつかな
124・14	さとにもいはし	さらにもいはし
14	それとしるなん	それとしらなむ
132・9	しのてしともを	くしのてしともを
137・9	とらせたるけれは	とらせたりけれは
140・1	心ほとなく	心もとなく
12	ひさしゝよめは	ひさししよめは
		ひさしく思へは(定)
143・1	まとによきうたなめり	まことによきうたなめり
144・2	いかゝあるへらん	いかゝあるへからん
9	つゝしまを	つゝしまを
		つくしまを(定)
9	いかにほそしと	いかにをそしと
11	ころはなくて	ころはなくて
		心はなくて(定)
145・1	かりあれは	かりあれは
		かきりあれは(定)
2	このことゝにを	このことゝもを
8	はなとには	はなとには
		さやうのはれなとには(定)

和歌二句索引

・配列は底本のままの仮名づかいによる五十音順とした。連歌は前句による。
・表記は本文に拠り、平仮名に直し、踊り字は用いず、同字を重ねた。
・補入・傍記等は原則用いなかったが、一部用いた場合がある。
・翻刻中「　」で示した別本にない箇所は、適宜判断した。
・(　)内は新編国歌大観番号だが、それにない場合、直前の歌番号にｂを付した。

あ

い

し

す

せ

そ

た

ち

つ

て

と

な

に

ぬ

ね

の

は

ひ

ふ

俊頼髄脳研究会
研究会同人：芦田耕一・海野圭介・北山円正
小林強・佐藤明浩・田中宗博
中原香苗・日比野浩信・福島尚
安井重雄・鈴木徳男（代表）
山本和明

和泉古典文庫 10

関西大学図書館蔵 俊秘抄

二〇〇二年一〇月一〇日初版第一刷発行
二〇二〇年 三 月二五日初版第二刷発行
（オンデマンド版）
（検印省略）

編　者　俊頼髄脳研究会
発行者　廣橋研三
印刷・製本　デジタル パブリッシング サービス
発行所　有限会社 和泉書院
大阪市天王寺区上之宮町七－六
〒五四三－〇〇三七
電話　〇六－六七七一－一四六七
振替　〇〇九七〇－八－一五〇四三

本書の無断複製・転載・複写を禁じます
© Toshiyorizuinoukenkyukai 2002 Printed in Japan
ISBN978-4-7576-0177-2 C3395